SKILL 'UMI' TTE NANDESUKA?

スキル『海』ってなんですか?

使えないと思っていたユニークスキルは、海にも他人のアイテムボックスにも入れる規格外の力でした。

陰陽

YINYANG

Illust.

キャナリーヌ

登場人物紹介
ミーニャ・
ロットマン
アレックスの幼馴染で
初恋相手。
リアム・
キャベンディッシュ
アレックスとは腹違いの弟。
兄をとても尊敬している。
アレックス・
キャベンディッシュ
キャベンディッシュ家の長男。
謎のスキル【海】のせいで
実家から放逐された後、
叔父のもとで商人の道を
歩み始める。

コバルト
オフィーリア専属の護衛。
感情がほとんど
表に出ない。
オフィーリア・
オーウェンズ
アレックスの元婚約者。
高い魔力を
保持している。
セオドア・
ラウマン
アレックスの叔父。
大らかだが
ドジな一面がある。
ヒルデ・
ガルド
アレックスに護衛として
雇われた冒険者。
努力家で気が強い
性格。

第一話　スキル〈海〉

僕はこの間15歳の誕生日を迎えた。

「今日は鑑定に行く日なんだよね？　兄さま。どんなスキルをもらえるんだろう？」

楽しく会話をしながら朝食をとっている席で、弟のリアムが僕に話しかける。

「アレックスは、我がキャベンディッシュ家の跡取りだ。火魔法の力を授かるだろう」

僕の代わりにキャベンディッシュ侯爵家の当主である父さまが答える。

我が家は代々優秀な魔法使いを輩出している名家で、父さまが火魔法使い、母さまが水魔法使いだ。キャベンディッシュ家の子どもたちは代々火魔法使いであることが多く、僕も当然そうであることを期待されているんだ。

ちなみに祖父の母親は、当時国一番とうたわれた火魔法使いだったそうだ。なんでも国が戦争していた頃に、大活躍していたのだとか。

「でも父さま。この前読んだ本では、貴族の子ども全員が魔法を使えるわけじゃないって書いてありましたよ？　僕や兄さまには魔法の才能がないかもしれないでしょう？」

弟の言葉に父さまは一瞬眉をひそめた。

「確かにそうだな……だが心配はいらない。お前たちには我がキャベンディッシュ家の血が流れている。きっと素晴らしい魔法使いになれるさ」

父さまが元の表情に戻って優しげに言った。

「そうでなくては困りますわ。優秀なリアムを平民にするのですもの。納得出来るだけの結果を残していただかないと」

続けて、リアムの母親である、父さまの後妻《ごさい》のエロイーズさんが言う。

ちなみに僕の母さまは、僕が4歳の時に亡くなっている。

だから弟のリアムは腹違いで、僕とは5つ離れている。とっても可愛い弟だ。

僕は家族の中で唯一リアムのことだけは好きだった。後妻であるエロイーズさんは貴族の娘らしく高慢なところがあり、あまり好きになれなかったし、父さまもそんなエロイーズさんの味方ばかりしていたから。でもリアムだけは違った。いつも僕に優しくしてくれたんだ。だから僕はリアムのことが大好きになった。

リアムは昔からとても賢い子だった。6歳くらいになると大人にも負けない知識を身に付けたけど、それを自慢することなく、ただ黙々と勉強に打ち込んでいた。

その努力のおかげか、みんなからは天才だと騒がれるようになった。でもそれが面白くないのか、一部の貴族の子どもたちからはいじめられていたみたい。

僕はそれを知った時、すぐに助けてあげたかった。けど5つも年齢差のある子どもの喧嘩《けんか》に僕が口を出すのははばかられた。それに僕が何かすれば、余計に事態が悪化するかもしれない。そう思うと何も出来なかった。ただ見ていることしか出来ない自分が情けなく感じられた。だからせめてもの償《つぐな》いで、僕はずっとリアムの味方でいたいと思ったんだ。

貴族の子どもは跡取り以外は、他の貴族と結婚しない限りは平民になる決まりだ。リアムに貴族との結婚話が来ない限り、リアムは成人後に平民になることになる。そしてその時が来たら、真っ先に僕がリアムを支えるつもりだ。だから今回の鑑定で、少しでもいいスキルをもらいたいんだ。あ、もちろん亡くなった母さまと、滅多に会えない、父さまの弟であるセオドア叔父さんがいるんだけど、その叔父さんのことも好きだよ。

小さい頃に会ったきりだけど、叔父さんも僕にとても優しくしてくれたんだ。またいつか会えたらいいなって思ってる。

「まだ平民になると決まったわけではないだろう。リアムにも結婚相手を探しているんだ。我が家の跡取りになれずとも、他の貴族に婿入りすれば平民にはならない。リアムは優秀だからな。きっといい縁談が舞い込むことだろう」

父さまがナプキンで口元を拭《ぬぐ》いながらそう言った。

そうだね、リアムは賢いもの。領地の多い貴族なら、管理する能力のある婿養子を欲しがることだろう。

この国、リシャーラ王国では、１５歳で成人になった子どもは、孤児院の子どもをのぞいて、全員それぞれの地域の教会で鑑定を受けることになっている。僕の鑑定ももうすぐだ。

リシャーラ王国は周囲を別の国の領土に囲まれて、海こそないけれど、豊かな山の幸や鉱山資源に恵まれている。その恩恵にあずかろうと、周辺諸国から多くの商人が出入りするようなかなりの商業大国だ。昔は塩を巡って戦争も起きたらしいけど、今は友好国であるレグリオ王国との取り引きのおかげで、供給量も安定してるしね。

ただ1つ問題があるとすれば、魔物の存在だ。

魔物と一口に言っても色々あるけれど、僕の住む王都の近くではゴブリンやスライムなどの弱い魔物が多いらしい。昔家の庭に出た時は、うちの騎士団が倒してたな。

とはいえ、どんな魔物でも油断すれば命を落とす危険がある。だから15歳で成人になると同時に、子どもには必ず鑑定を受けさせるように法律で定められているのだそうだ。

ただし、孤児は教会で鑑定を受けられない。理由はお金が必要だからだ。

——あくまでも名目上は、寄付であって強制ではないけど。

とはいえ、鑑定を受けさせる義務を定められているのは保護者側。

孤児の鑑定分の寄付なんて出来ないから、鑑定なしってことになるんだ。

よその国だと鑑定にお金は一切かからず、孤児の中にも凄いスキルを持つ子どもが見つかることもあるのに。よほどよいスキルじゃないと、剣術と魔法学の学園にも行かれないんだよね。ごくまれに凄いスキルを持つ子どもが見つかって、特待生として編入することがあるくらいかな。

孤児は引き取り手が見つからない限りは、大人になって孤児院を出なくちゃならなくなったタイミングで、大抵が冒険者を目指す。

そこで冒険者ギルドで鑑定してもらって、よいスキルがあれば、基本はそのまま冒険者や商人、鍛冶職人などの工員の道へ。

だけど仕事につながるスキルがなければ、それはもう色んな方法で、生きていく道を模索することになってしまうらしい。

そして今日はその鑑定の日だ。

朝食を終えたあと、父さまに連れられて、王都にあるかなり大きな教会にやって来た。

教会の中に入ると、既に何人もの子どもたちと、その親が集まっていた。みんなワクワクしているらしく、あたりはザワついている。

我が家と同じ侯爵家のサイラスも、両親に連れられてやって来ていた。

僕に気が付くと、フン！　とそっぽを向いた。

嫌だなあ。

僕の婚約者であるオフィーリアのことが好きらしく、僕がオフィーリアと婚約してからというもの、何かとつっかかってくるんだ。

侯爵家の長男である僕には、互いの両親が取り決めた、オフィーリアという名の美しい婚約者がいる。

僕の幼馴染で、我が家のメイドの娘のミーニャと、その母親で同じくメイドのマーサの姿も見えた。

ミーニャは僕の姿を見つけると嬉しそうに駆け寄ってきた。

肩にかかる程度の栗色の髪に、大きな青い瞳。平民の女の子たちがみんな穿《は》いている、膝丈のスカートに半袖姿。

背はあまり高くなくて、華奢《きゃしゃ》な体つきの割に、こう……、豊かな胸元をしている。

笑顔の眩しい、とっても可愛らしい女の子だ。

僕の親同士が決めた婚約者であるオフィーリアは、僕よりも誕生日が早くて、もともと魔力が高い。

魔力の高い魔法使いの配偶者が、喉から手が出るほど欲しいキャベンディッシュ侯爵家としては、理想の婚約者だ。

だけど、僕は小さい頃からずっと、ミーニャのことが好きだった。

彼女は僕の初恋の女の子なんだ。だけど家を継ぐ貴族の子どもや、令嬢たちは、自分で結婚相手を選べない。これも法律で決まっていることなのだ。

だから僕はミーニャに好きだと言う権利すらなかった。遠くからそっと眺めるだけ。

もちろん幼馴染だから、仲はいいけど。ミーニャと結婚出来たらどんなにいいだろう。

僕は別に貴族でなくたっていいんだ。ミーニャと一緒に小さな家で暮らしたい。

ただそれだけなんだ。

ミーニャに似た子どもは可愛いだろうな。ミーニャにそっくりな女の子がいいなあ。将来お父さんと結婚するって言い出して、ミーニャと僕の取り合いになったりするかもね。

想像するだけで幸せな気持ちになる。だけど、それが難しいのも理解しているんだ。

ミーニャは平民の娘だから、父さまが僕の結婚相手に選ぶことはない。彼女が優秀な魔法使いであれば話は別なんだけど……。

貴族は貴族同士の結婚が当たり前だけど、優秀な魔法使いなら平民と結婚することもある。それくらい魔法の力を大切にしている。

特に、スキルは遺伝しないけど、ステータスは遺伝すると言われてるから、知力やMPが高い相手を我が家では求めてるんだ。

魔法のスキルを与えられた人じゃないと、基本、知力やMPのステータスは高くないから、結果的に魔法スキル持ちを求めることになるんだよね。

僕らは互いに挨拶を交わしたあと、一緒に教会の奥へと進んだ。

教会の1番奥には祭壇《さいだん》があり、その上の台座には大きな水晶玉が置かれていた。

父さまの話によると、あの水晶玉こそが鑑定用の魔道具なのだそうだ。

祭壇に立っていた祭司さまが大きな声でみんなに言った。

「さあ皆さん、順番に並んでください」

僕はミーニャとともに、最後尾に並ぶことにした。前を見ると、みんな緊張した様子で順番を待っている。

前の子が水晶玉に触れると、青白い光が溢れ出した。

それから祭司さまが神さまからのギフトである、スキルの名前を告げる。

あっという間にミーニャの順番になった。

ミーニャはなんと、料理人と、薬師と、弓使いのスキルの3つを与えられていた。

どれも平民として働くのであれば、食いっぱぐれのないスキルばかりだ。

「……あ、ありがとうございます」

祭司さまにお礼を言って、ペコリとお辞儀をするミーニャ。そして頭を上げると同時に今度は僕のほうを見て壇上で手を振ってきた。

もしも何かの魔法使いだったら、身分が平民のままでも、ミーニャを結婚相手に選べるのに……と、コッソリ考えたのはナイショだ。

オーウェンズ伯爵家との婚約を破棄してまで、ミーニャを選べるわけじゃないからね。オフィーリアになんの落ち度もないのに、彼女を社交界で傷物にすることになるし。

「――3つだなんて凄いじゃないか！」

スキルは3つまでもらえることがあると聞いてはいたけど、多くても2つで、1つの人がほとんどだ。

壇上から下りてきたミーニャに駆け寄りそう言うと、ミーニャはえへへ、と、嬉しそうな顔で照れくさそうに笑った。

……かあいい。

「はい、次の方どうぞ！」

祭司さまに呼ばれて、僕も階段を上がり、壇上にのぼると、水晶玉の前に向かった。

「はい、それでは水晶玉に触れてください。神があなたに与えたギフトを教えてくださいますからね」

そう言われて、そっと手をかざしてみた。

すると――水晶玉の中に、小さな光が生まれた。

祭司さまがそれを覗き込む。

「――え？　お、おかしい……。これはいったいどういうことでしょうか……？」

戸惑ったような声を上げる祭司さま。

祭司さまは他の祭司さまに声をかけ、2人で水晶玉を覗き込んでいる。そうして次から次へと、大勢の人たちが祭壇の上に集まって、何やら話し合っていた。

何が起こったのか分からず、他の子たちもざわついている。

僕自身も困惑していた。

「――あなたのスキルは、〈海〉とだけ書かれています」

祭司さまが困り顔で言う。

〈海〉ってなんだろ……。

聞いたことのないスキルだった。

皆一様に首をかしげていたけれど、祭司さまに尋ねてみる。

「〈海〉とはなんですか？」

すると、祭司さまも不思議そうな顔をして答えてくれた。

「海というのは、リシャーラ王国のはるか南にあるレグリオ王国の先に広がる、広大な塩水のたまる場所のことです。昔からそこに存在し続けていると言われていて、我々に魚や塩をもたらしてくれます。リシャーラ王国に住む人々は皆、親しみを込めて〝母なる海〟と呼んでいますよ」

「いや、海の意味は分かるんです。僕のスキルが〈海〉ってどういうことでしょうか？」

僕の問いかけに、祭司さまは困った表情を浮かべた。それから少し考えてから口を開く。

「おそらく、あなたは特殊なユニークスキルを持っているんだと思います。かつて聞いたことがないため、発動条件は分かりません」

「そんな……」

よく分からないものを、どうやって使ったらいいんだ？

ちらりと父さまを振り返ると、何やら難しい表情を浮かべている。少なくとも、父さまが望んでいた火魔法じゃない。しかもそれどころか、魔法スキルですらないなんて。

「ユニークスキルの中には、固有の能力とは別に、特定の条件を満たした時にしか発動しないものがあるのです」

祭司さまに話しかけられ、そちらに向き直る。

「あなたの能力はおそらくそれかと。塩や魚を手に入れられるのかもしれませんね。この国にとって必要な能力です。発動出来るようになれば国から保護されるかもしれませんよ？」

確かに、海のないリシャーラ王国で、塩や魚を出せる能力は、重宝されることだろう。

けど……。

「でも……。発動条件が分かりません」

泣きそうになっている僕に、若い祭司さまたちが話しかけてきた。

「例えば、火魔法のスキルを得たとしても、それだけでは火魔法を使うことは出来ませんよね。普通は学園で学んでから使います」

「……はい……」

「でも、もしもその人の心の中に、元々炎に対する強いイメージがあったとしたら、その人は火魔法のスキルを得ると同時に、火魔法を使うことが出来ます」

「学園の授業は、そうしたイメージを具体化させ、体の中で魔力循環をしやすくさせるのです。属性の素養のない人は、それで魔法が使えるようになるのです」

「つまり……？」

「素養がある人には、本人は無意識でもその人と関係のあるギフトが与えられる場合があるのです」

「え」

「あなたの場合だと、海や水に対して特別な思い入れやイメージを膨《ふく》らませれば、使えるようになるかもしれませんね」

そう言って、若い祭司さまは微笑みかけてきた。

海や水に対する、特別な思い入れやイメージを膨らませる……。

なるほど、僕がこのスキルを授かった理由がぼんやりとだが分かった気がする。

水魔法使いだった母さま。そんな母さまと唯一出かけた、レグリオ王国の海への避暑旅行。僕の大切な思い出だ。

それに僕自身、小さい頃から水遊びが好きでよく川や湖で遊んでいた。

水と火のどっちに思い入れがあるかと言われれば、断然水だと言わざるをえない。

だからきっと、それが関係しているに違いない。自分の持っているユニークスキルについて、色々と分かった気がする。

ただ、まだ完全に納得出来たわけでもないけれど……。せめて水魔法だったら……。

そんなことを考えていた時、ふいに別の祭司さまたちの声が聞こえてきた。

「しかし、この子は将来有望な才能の持ち主かもしれません。ユニークスキルには他にも様々な種類があって、中にはかなり珍しいものもあるんですよ」

「そういったスキルが手に入れば、冒険者として大成出来る可能性もありますからねえ。まぁ、もちろん本人の努力次第ですが」

冒険者か。そういえば父さまの弟である叔父さんも、昔冒険者をやっていて、その時の話を聞かせてもらったことがある。とても危険な仕事らしくて、時には命を落とすこともあるみたいだ。

僕には絶対に無理だな……。

ガックリと肩を落として祭壇から下りる僕を、サイラスがニヤニヤしながら見ていた。

親と一緒に来ているから大人しくしてるけど、今度会ったら何か言われるんだろうな。

落ち込む僕を見て、心配そうな表情を浮かべるミーニャに挨拶をして、父さまとともに侯爵家の馬車で帰ったのだった。

次の日の朝食の時間に、事態は急変した。

父さまが突然、話がある、と神妙な顔つきで切り出した。

「――昨日エロイーズとも一晩話し合ったんだがな。……この家は今日より、リアムに継がせることとする」

「え」

僕は驚きのあまり、持っていたフォークを皿の上に落とした。

カシャンという音が虚しく響く。

でも、父さまのその言葉に1番驚いたのは僕ではなく、リアムだった。

「どういうことなの!? 父さま!!」

寝耳に水だったらしいリアムが問いただす。

「……昨日屋敷に戻ってすぐ、オーウェンズ伯爵家より、オフィーリア嬢の婚約者をリアムに変更しないのであれば、婚約破棄させてほしいとの打診があったのだ」

苦虫を噛み潰したような顔でそう言った父さまがため息をつく横で、エロイーズさんはどこか誇らしげだった。

「……どうやら、オーウェンズ伯爵家の関係者があの場にいたようだな」

――……サイラスだ!!

たぶん僕と婚約破棄させようとして、オーウェンズ伯爵に報告したに違いない。自分が取って代わろうとしたのだろう。

残念ながら、オーウェンズ伯爵は、キャベンディッシュ家の財産と名声が目当てでリアムもいるから、サイラスの思うようにはいかなかったけど。

「当家としてはオフィーリア嬢をぜひとも娶《めと》りたい。だが欲しいのはキャベンディッシュ家の跡継ぎを生むのが目的だ」

……まあ、そうだろうね。当主になれないとなると、オーウェンズ伯爵家にリアムは婿入りすることになるもの。オフィーリア嬢をキャベンディッシュ家の当主と結婚させるつもりの伯爵も、そういうつもりでリアムをと言ってきたんだろうし。

「――オフィーリア嬢は、僕より5つもお姉さんですよ⁉」

「貴族間の結婚に、５つ差なんて大したことじゃありませんよリアム」

エロイーズさんが、婉然《えんぜん》と微笑みながらリアムに言う。

家同士のつながりだから、歳の近い子どもがいなければそういうこともある。

「リアムに魔法のスキルがギフトとして付与されるかは分からないが、今の優秀さからすればほぼ確実だろう。いずれにせよ、オフィーリア嬢がいれば、次世代は間違いなくステータスの高い魔法使いが生まれるだろうからな」

ステータスは遺伝すると言われているので、魔力が高い人特有の金色の目をした子どもが、生まれる可能性がかなり高くなる。

ようするに、オフィーリア嬢のような瞳の色の子どもがね。そうして生まれた子は、魔力量も多くて魔法も使える可能性が高いし、将来有望な貴族になれるってわけだ。

「そう……ですか……」

僕はそう呟いた。

「キャベンディッシュ家の跡継ぎとして、必要なスキルがないのですから、仕方がないと分かりますわよね？」

自分の息子であるリアムを、跡継ぎにしたがっていたエロイーズさんは、勝ち誇った表情で僕に言った。

「お前は既に15歳になり、成人だ。他の貴族から婿入りの打診がなければ、平民として放逐《ほうちく》することとなる。それがこの国の法律だ。分かるな？」

「はい……。分かりました……」

「兄さま！　出ていっちゃうの!?　僕が大人になるまでいてくれないの？」

リアムが泣きそうな表情で、驚いて僕を見つめる。

「僕に婚約の話があればいられるんだけどね。使えないスキルを持つ僕を、わざわざ欲しがる貴族なんてないさ」

寂しがるリアムに微笑んだ。

リアムみたいに優秀じゃないから、キャベンディッシュ侯爵家の跡取りじゃなくなった僕に、魅力を感じる貴族はいないよね。

「それに平民も悪くないよ？」

笑顔の僕の言葉に、リアムは納得がいかなそうな顔をする。

うん、平民。悪くない。これで僕ははれて自由だ‼

悪くないどころか最高じゃないか。だってこれでミーニャに結婚を申し込める！　ああ、なんて素晴らしいんだろう。ミーニャとの結婚生活が今から楽しみで仕方がないよ！

ミーニャ待っててね！　独り立ち出来たらすぐにでもプロポーズしに行くからね‼

「兄さまは能天気過ぎますよ……」

リアムが困惑しながらそう言う。

まあ、侯爵家の跡継ぎから、いきなり放逐と決まったんだもんね、普通はもっと嘆いてもおかしくない。エロイーズさんですら、僕のガッカリした顔を期待してたのか、鳩が豆鉄砲を食ったような表情で僕を見ている。

「――そ、そうかな？」

平民になれるのが楽しみ過ぎて、もろに顔に出ちゃってたみたいだ。

気を付けないとなあ。気を抜いたら小躍りしだしそうだもの。

それにしてもどうせ放逐されるならもう少し早く言ってほしかったな。そしたらもっとたくさんミーニャとの時間が過ごせたのに。

まあそんなこと言っても始まらないよね。これからたくさんの時間を一緒に過ごせるようになるんだし、今に感謝しないとね！

心残りなのは、まだ小さいリアムを守ってやれなくなることとくらいだ。

ごめんね、君が成人するまでそばにいたかったけど、元貴族の人間は貴族と関わることが許されないんだ。

「……まあ、ただ、ここまで跡継ぎとして育ててきたんだ。まったく役に立たないこともないだろう。分け与えてやれるような領地はないが、私の弟が管理している土地に住めるよう打診しよう」

冒険者を引退した叔父さんは、土地を購入してそこで細々と暮らしているらしい。

叔父さんの家は我が家からはかなり遠い。ミーニャにも簡単には会えなくなってしまう。

でも、何はなくとも、住むところの確保は必須だ。

その提案に僕は飛びついた。

本来なら騎士団だとか、先に就職先を見つけておくものなのに、僕には急過ぎて何もないからね。

このままじゃ行くあてもなくて、冒険者になって細々と採集クエストをこなすか物乞いになるかしかなくなっちゃう。

僕の反応を見て満足したのか、父さまは話を続けた。

「弟からの返事があるまでに、荷物の整理をしておきなさい。持ち出せる物は限られているから、注意するように」

貴族の子どもの持ち物は、当主である親が貸し与えた物ということになっている。

だから家を出るとなると、色々と返さなくちゃならなくなるんだ。

「分かりました」

そこで話は終わり、叔父さんから返事があるまで、部屋でのんびりと過ごすことになった。

ふう……。こんなことになるなんてな。

でも、こう言っちゃなんだけど、僕に貴族なんて向いてないと思ってたし、逆にチャンスだよね。

なんとかスキルを使いこなしてお金を稼いで、ミーニャに結婚を申し込みたいな。

僕は既に平民になった気持ちで、もしミーニャと結婚出来たらどうしようかを想像して楽しく過ごしていた。

だけど少しして、それが寂しい気持ちにとって代わった。

その間リアムが毎日部屋に訪ねてきては、僕と遊ぼうとするのだけれど、さっそく後継者教育が始まったらしく、すぐに家令によって家庭教師の元へと連れ戻されていった。

そのたびに泣いているリアムを見て、僕はだんだんとリアムと離れることがより寂しく思えてきた。会いたい人に二度と会えない悲しみを、僕は既に知っていたのに。

リアムは毎日エロイーズさんに何かを言い含められているらしく、僕よりも敏感にそのことを感じていたみたいだ。

代わりに毎晩僕の部屋に泊まりに来るので、リアムが寝るまで連日おしゃべりをした。

「えへへ。兄さまと寝られるの嬉しいな」

なんて言われて断れるはずもなく、同じベッドで寝ることになった。

「ごめんねリアム。ずっと一緒にいられなくて」

「ううん、謝らないで、兄さま」

「……でも、どっちが平民になっても、いつかは僕らは永遠に離れることになるんだ。それがほんの少し早まっただけだから」

「……うん」

平民と貴族は関わりを持たない。叔父さんと父さまも、ほとんど交流を持ってない。だから僕も遅かれ早かれリアムとは会えなくなる。

僕はリアムが平民になっても支援するつもりでいたけど、堂々と表立って会えないことに変わりはないんだよね。貴族に輿入《こし い》れした平民もそれは同じで、家族とはほとんど関われなくなってしまう。特に王族なんて、嫁いだ先で子どもや孫が出来ても、手紙で知らせることすら許可されていない。

これは王族に平民が嫁いだ場合も、万が一王族が平民に降嫁《こうか》した場合も同じ。相手が貴族なら会いに行くことだって出来るけど。

まだ平民になった家族と、手紙でやり取り出来る分、貴族のほうがマシなくらいなんだよね。それでもしょっちゅうは出来ない。

どうして平民と貴族は関わっちゃいけないんだろ。今さらだけど変な決まりだよね。大人になると親兄弟と会えなくなるだなんて。

「まったく……。リアムは甘えん坊だな。僕がいなくなったら、お前がしっかりしないといけないんだぞ？」

「分かってるよ……。でも今はまだ、いなくなったあとの話はしないで、兄さま」

リアムはブランケットから目だけを覗かせて拗《す》ねたように言ってくる。

僕がいない毎日のことを、考えたくないのが伝わってくる。

「分かったよ。じゃあ、そうだね。裏庭で見つけた黒猫の話をしようか」

「猫⁉　猫がいたの？　僕飼いたいんだけど、母さまが許してくれないんだ……」

目を輝かせたあと、がっかりした表情を浮かべるリアム。

「当主になる勉強を頑張ったら、許してくれるかもしれないよ？」

「――ほんと⁉」

「うん。きっと父さまが説得してくれるよ」

リアムと過ごす時間はとても楽しくて、リアムと離れることだけは寂しいなと思った。

僕が大商人になって、キャベンディッシュ家に出入り出来るくらいになったら、またリアムとも会えるようになるよね。

最初はミーニャと結婚生活を送れるだけの稼ぎでいいと思ってた僕だけど、キャベンディッシュ侯爵家の出入り商人になれるよう頑張ろうと決めた。


少ない荷物の整理はすぐに終わってしまい時間が余ったので、僕は日中の空き時間を利用してスキルを試してみることにした。

確か、海のイメージを強くする……だったよな。

海。母さまと行った海。日傘をさして微笑んでる母さまはキレイだった。

海がとても眩しくて。魚が跳ねてて。

うん。イメージしやすいな。

魚が欲しいと強請《ねだ》って母さまを困らせたっけ。あの魚、なんだったんだろう……。

欲しかったなあ……、あの銀色の魚……。

僕がそんなことを考え始めた時だった。

【《スキルレベル1・生命の海》を発動します】、と頭の中に声が響いた。

——その時、僕の目の前が発光する。

思わず目をつむると、眩しい光の奔流《ほんりゅう》に包まれていくのを感じた。

目を開けると、そこには僕よりも背の高い木で出来た扉が出現していた。しかも手も触れていないのに、扉が勝手に開いていくではないか。

まるで海の中に突然移動したかのように、きらめく銀色の魚たちが、僕の頭上を、真横を、足元を、優雅に素早く泳いでいく。

うわぁ!!

ぼ、僕、本当に魚を出しちゃったの!?

これ、どうやって消したらいいんだ!?

第二話　生命の海

スキルの使い方が分からず、慌てる僕。

だけど、銀色の魚たちは、そんな僕を無視して、部屋の中を自由に泳ぎ回っている。

やがて一瞬さらに強く光って光が消え、目を開けると、そこには床の上で跳ねる、一匹の銀色の魚の姿が！　……って、ええっ!?

周囲を見回せば、床の上でピチピチと苦しそうに跳ねている何匹もの銀色の魚たち。

部屋の中が魚臭い!!　ベッドの上にまでいるよ！

ああ、シーツが……。

えーと……、と、とりあえずこのままにしておけないし、籠《かご》を借りてきて魚を集めて料理長にでも渡しておくか……。

僕はメイドのマーサを呼んで、籠を借りてきてもらうよう頼んだ。

マーサはミーニャの母親で、僕の乳母《うば》でもあった人だ。ミーニャの髪色と目の色はマーサ譲りだったりする。

籠を持ってきて僕の部屋の中に入ったマーサは、床の上や机の上で跳ねる魚や、ベッドでぐったりしている魚を見て仰天すると、食べ物で遊ぶなんて！　と僕を叱った。

僕はそれを見て、申し訳ない気持ちと同時に、ちょっと嬉しくなってしまう。

「何を笑ってんです？　坊っちゃん」

無意識にニヤけていたようだ。

「いや……。マーサにこうして叱られるのも久しぶりだなあって……」

へへ、と僕は笑った。

「坊っちゃん……」

マーサももう、僕が出ていくことになったのは知っている。

僕の言葉を聞いて、複雑そうな表情になった。

「成人したといっても、まだまだ私からすると子どもですよ。いつでも叱って差し上げますから、安心してください」

そう言ってマーサは、ドン、と胸を拳で叩く。勢いあまってむせてしまい、慌てた僕が背中をさする。

マーサと一緒に銀色の魚を拾って籠に入れていく。すると、

〈ロアーズ魚〉

と頭の中に文字が浮かんだ。

「ロアーズ魚？」

「ああ、そうですよ。これはロアーズ魚というんです。煮ても焼いても美味しいですよ。魚なんて久しぶりだから、みんな喜びますね。タップリと身が付いて美味しそう」

我が家は父さまとエロイーズさんが肉好きだから、あんまり魚は出ないんだよね。

でもいくらお高くて美味しくても、毎日3食お肉ばっかりは飽きるよねえ。

キャベンディッシュ侯爵家で働く人たちのためだけに、わざわざ魚を仕入れることはしないから、マーサたちの食事も同じお肉屋さんから、金額の低い肉を仕入れてまかないにしてるんだよね。

肉好きな人からしたらそのほうがありがたいだろうけどね。

「家にも持って帰ってよ。ミーニャにも食べさせたいし」

「まあ。ありがとうございます」

マーサはそう言って、魚がタップリ詰まった籠を運んで行った。

「──それにしても坊っちゃん、どうして部屋で魚なんかと戯《たわむ》れてたんです？」

魚を料理長に届けたあと、マーサが僕の部屋に戻ってきた。

僕のベッドのシーツを替えて、床を雑巾で拭きながら言う。

「その……。僕のもらったスキルを試してたんだ。そしたら魚が本当に出てきて……」

「スキル？」

「僕がギフトでもらったのは、〈海〉っていうユニークスキルだったんだ」

「〈海〉？　聞いたことないですね」

「うん。祭司さまも知らないって言ってた。祭司さまは、魔法を使うみたいに、イメージを強くすれば使えるかもっておっしゃったから、魚をイメージしたら……、ほんとに出ちゃったんだ」

「あら！　凄いじゃないですか！　これで食いっぱぐれはありませんね！　うちの国は海がないか

ら、魚の需要は高いですよ！」

マーサは嬉しそうに言った。

「うん……。これで商人として成功出来たらって思ってる……。それでね、もしも僕が稼げるようになったら、ミーニャを迎えに行きたいと思ってるんだけど……。どうかな？」

マーサは僕をじっと見つめると、

「ふふ……。それは直接娘に言ってやってくださいな。でも、私は坊っちゃんの気持ちは分かってますよ。私は大歓迎です」

にこやかな顔でそう答えた。

「——!! ありがとう！」

僕の初恋は、死んだ母さまとマーサだけが知っている。僕の婚約が決まった日も、マーサが仕方がありませんよと慰《なぐさ》めてくれた。

僕はここを去る前に、ミーニャに告白するつもりでいた。だけど僕が商人として成功するまでにどのくらいかかるか分からない。だってミーニャはあんなに可愛らしいんだもの。すぐに誰かに奪われてしまわないとも限らない。というか、それが怖い。だから、僕が結婚前提でいること、本気なんだということを、ミーニャの母親であるマーサに知っておいてほしかったんだ。

まあ……、僕が振られる可能性だってあるけどさ……。そこは今は考えないでおこう。

マーサが去ってからも、僕は引き続きスキルを試してみることにした。出すだけで消せないのは困っちゃうものね。

さっきは魚が泳いでいるのをイメージしたら、泳ぐ魚が出てきてそのまま残った。このまま消そうと思ったら、今度はそのまま扉の向こうに戻る姿をイメージしてみたらどうだろうか？

もし戻せなかった時のために、今度はちゃんと事前に魚を入れる籠を用意したよ。

僕の目の前が発光する。眩しい光の奔流に包まれて、再び僕よりも背の高い木で出来た扉が現れた。手も触れていないのに、扉が勝手に開いていく。

そしてまた海の中に突然移動したかのように、きらめく銀色の魚たちが、僕の頭上を、真横を、足元を、優雅に素早く泳いでいく。

僕はそのロアーズ魚の群れが、扉の向こうに戻る姿をイメージしてみたんだ。

するとロアーズ魚たちはクルリと向きを変えて、扉の向こうに泳いで帰っていった。

「――やった！　……成功だ！　今度は１匹だけ出してみよう」

続いて、１匹だけが泳いでくる姿を鮮明にイメージする。

するとやはり１匹のロアーズ魚だけが、扉の向こうから泳いできた。これなら欲しい数を出すことが出来るぞ!!

すると、頭の中に、**【スキルがレベルアップしました】**、という文字が浮かぶ。

レベルアップ……？

【《スキルレベル２・生命の海》名称指定した物を取り出すことが可能になりました】と、再び文字が浮かぶ。

さらに続けて、**【初めてのレベルアップおめでとうございます】**と表示された。

お祝いまでしてくれるなんて、親切設計だなあ。ちょっと嬉しいや。

名称指定した物っていうのは例えばこの魚のことかな？

僕は籠の中のロアーズ魚を見つめる。

確かにロアーズ魚をイメージしたけど。

それともこれまでは、僕がイメージ出来る物しか出せなかったけど、これからはそうでない物も出てくるってことなのかな？

もっと色々試してみないと、正確なことは分からないけど、もしそうなら、なんでも手に入るぞ！　あとは出せる物がどの程度この国で必要とされるかと相場を勉強しないとね。

せっかく貴重な物を出せるんだから騙《だま》されないようにしなくちゃ！

あとは……海から得られる物としたら塩だな。指定して出せるか試してみよう。

けど、このまま出てきたら、集めるのが大変だよ。床に落ちた塩なんて、流石に使えないし。

「えーと、ここに確か……。あった‼」

僕は以前父さまからいただいた、革の袋を引き出しから出して広げた。

これは父さまから借りている物じゃないから、家を出る時返却しなくてもいい物だ。

そう思うと、僕の物ってほんとに少ない。

本当は水を入れるための物だけど、これしか塩を入れられそうな物がないからね。

ええと、ここに塩が入るところをイメージして……と。

するとまた僕の目の前が発光して、木の扉が現れる。サーッと白い砂粒のような物が現れて、革の袋の中へと収まった。

「……やった！　成功だ！　これは叔父さんへの手土産《みやげ》にしよう」

僕はいたく満足した。


今日の夕ご飯は、僕の出したロアーズ魚だった。

料理長が手に入れた経緯を説明すると、父さまが口を開いた。

「スキルが使えるようになったのか」

「はい、試行錯誤ですが」

父さまの問いかけに答える。

「兄さま！　これ美味しいよ！」

リアムが嬉しそうに言う。

「本当に魚を出すスキルなのですね……。クスクスクス」

エロイーズさんが僕と父さまの会話を聞いておかしそうに笑っている。

「お前の今後の生命線だ、しっかりスキルの習得に励みなさい」

「はい」

ロアーズ魚は確かに美味しかった。

「それから、アレックス。セオドアから返事があった。いつでも来てくれて構わないとのことだった。明日にでも発《た》ちなさい」

「明日……、ですか？」

ずいぶんとまた急な話だ。まあ、スキル発覚から婚約破棄まで、全部がこの数日の出来事だし今さらか。

「兄さま、行っちゃうの……？」

リアムが寂しそうな顔をする。

「うん。そうみたいだ」

「今日も一緒に寝てくれる……」

「ああ。もちろんさ」

僕は笑顔で答えた。

「リアム、あなたはもう大きいのですよ？　そんなみっともないことはおやめなさい。あなたは当主になるのですよ？」

僕らが仲良くするのが面白くないエロイーズさんが、リアムを強い口調で咎《とが》めた。母親に叱られてリアムがしょんぼりする。

「兄弟の今生《こんじょう》の別れだ。構わないだろう」

「ですが……」

エロイーズさんはまだ不服そうだ。

「明日からアレックスは平民として生きるのだ。我々とは別世界の人間となる。それくらい許してやりなさい」

父さまはもう、僕と関わる気がないんだろうな……。叔父さんにもあんまり手紙を書かないし、僕とリアムもそうなるのだろう。

「リアム、よかったらお風呂も一緒に入ろうか？　今日は僕が洗ってあげるよ」

「うん！」


普段は従者が洗ってくれるけど、僕はそれを断って2人だけでお風呂に入ることにした。

「リアムに僕のスキルを見せてあげるよ」

「ほんと!?」

僕がスキルを発動させると、僕らの目の前が発光する。前回同様に背の高い木で出来た扉が現れて勝手に開いていく。

色んな種類の魚が泳いでいる姿をイメージする。

すると、扉から出てきた、色とりどりの魚たちが、空中を優雅に泳ぎだした。

「凄い！　凄い、凄いよ、兄さま！」

まだ海も魚も見たことのないリアムは、幻想的な光景に興奮してはしゃいでいた。

リアムにとって、僕との思い出は、楽しいものばっかりであってほしい。

僕らはその日遅くまでおしゃべりをして、互いに抱き合って眠ったんだ。


出立の朝、僕は家を出る前に、ミーニャのところへと向かった。

今日は畑仕事を手伝っていると、マーサから事前に聞いてあった。

ミーニャは畑で雑草取りをしていた。

「――ミーニャ！」

「アレックス！」

ミーニャが嬉しそうに顔を上げる。

「……その格好……、もう、行くの？」

マーサから聞いていたんだろう。何も言わなくとも察してくれたみたいだ。

「うん、……しばらく会えなくなるね」

「そう……。寂しくなるね」

「それで……、その……」

次の言葉がなかなか出て来ない。ううっ。

ミーニャはじっと僕の言葉を待っていた。

「ぼ、僕、これから商人として頑張ろうと思ってるんだ。僕が食べていけるくらい稼げるようになったらさ、その……」

「アレックス。――私も一緒についていっていい？」

僕の言葉を遮って、ミーニャは恥ずかしそうにそう言った。

「ええっ⁉　いいの⁉　で、でも、僕はこれから叔父さんの家に世話になるから、いきなりミーニャは呼べないんだ。だから、僕が自分の家を手に入れたら……、僕の……、お嫁さんになってくれない？」

しまったあああ!! 一足飛びでプロポーズしちゃったよ!! 本当なら、ミーニャに好きって、待っててほしいって言うつもりだったのに！

一緒についていっていい？ なんて上目遣いで、恥ずかしそうに聞いてくるから、ついついテンション上がっちゃったよ！

「――はい、喜んで」

ミーニャは僕を見つめて、嬉しそうに微笑んだ。

か、かあいいよう……。

「ミ、ミーニャ……」

僕は思わずミーニャの両肩を掴んで、そっと顔を近付けた。

「――それはまだダメ」

ミーニャが人差し指で僕の唇にそっと触れて、少しだけ怒ったかのように、僕を制した。

でもその表情は少しだけ困りつつも、嬉しそうだ。

さ、流石に早かったか。

プロポーズを受け入れてくれたから、僕と同じ気持ちなんだと思ってしまった。

女の子はロマンチックなのが好きっていうものね。もっと素敵なところで、改めて結婚を申し込んで、その時は絶対するんだ！

待っててくれると言うミーニャに手を振って別れを告げて、自分の屋敷に戻る。家令が呼びに来るまで、自分の部屋で待っていた。


家令が部屋のドアをノックする。時間だ。

父さまとリアムが見送りに来てくれる。エロイーズさんは部屋から出て来なかった。


「……こんなことになってすまないな」

「いえ。がんばります」

馬車に乗り込む前に、父さまが小声で話しかけてくる。僕も声を抑えて応えた。他の使用人たちには聞こえないだろうけど、エロイーズさんの耳に入ったら面倒だからね。

彼女は僕のことが気に入らないみたいだから、最後まで何か言いかねないし。

今も少しカーテンを開けて、窓からちらりとこちらの様子を窺っている。

「これをセオドアに渡すように」

父さまがそう言って差し出してきた手紙を僕は受け取った。

「では」

「兄さま……！」

泣きそうなリアムを見ていたら、行ってきますも、さよならも言えなかった。

僕は少し考え込んでから、父さまに今まで育ててもらったお礼を言った。それから、くれぐれもリアムを頼みます、と付け加えた。

この人はリアムの父親だけど、万が一リアムにも魔法スキルが付与されなかった場合、最悪遠い親戚から養子を取りかねない。今後よほどのことがなければ、オーウェンズ伯爵家が、リアムの後ろ盾となってくれるだろうけど、絶対とは言い切れないのが、伝統を重んじる貴族だからね。

息子が可愛いエロイーズさんですら、キャベンディッシュ家の当主の決定には逆らえない。

そのくらい、キャベンディッシュ家にとって魔法スキル持ちは重要だから、一応言っておくべきだと思ったのだ。

話し合えるのはこれが最後だから。僕はこれから、平民として生きていくのだから。

——捨てる子どもは僕だけにしてほしい。

僕はリアムに向き直って、彼の目を真っ直ぐ見つめる。

そして彼にだけ聞こえるような小さな声で伝えた。僕の決意を。

いつか必ず、君を守るために、この家に関われるように生きると決めたことを。

リアムの目が大きく開かれる。僕はリアムの手を握って、ぎゅっと握りしめる。

彼は僕の言葉を聞いて、涙を流しながら笑っていた。

僕はその手を離して、馬車へと乗り込んだ。御者が馬に鞭《むち》を入れる音が響く。

馬がゆっくりと歩きだす。窓から顔を出して手を振ってリアムに笑いかけると、リアムも泣きながらも笑って手を振ってくれた。

やがて、その姿が見えなくなる。

ここから僕の新しい人生の始まりだ。

家を出るとすぐに、キャベンディッシュ領を抜けるための街道につながる広い道に出た。この馬車が送ってくれるのは途中までだ。僕は乗り合い馬車に乗り換えて、そこからさらに馬車をいくつか乗り継いで、叔父さんの住むバッカスの村を目指した。

◇◆◇◆◇

その頃、オーウェンズ伯爵家では。

「……お父さま……。キャベンディッシュ家と婚約破棄って、どういうことですの？」

「オ、オ、オ、オフィーリア、少し落ち着きなさい。代わりにリアムくんと結婚するんだから、キャベンディッシュ家との婚約は何も変わらない！　相手が代わるだけだぞ？」

柳眉《りゅうび》をひそめて冷徹に怒りをあらわにする美しい愛娘を前に、オーウェンズ伯爵はオロオロしながらご機嫌取りに必死だった。

国一番と誉《ほま》れ高い、知性と教養と美貌を兼ね備えた美少女ではあるが、怒ったオフィーリアが、自分の妻以上におっかないことは、オーウェンズ伯爵は身をもって知っていた。

「……わたくしはキャベンディッシュ侯爵家と婚約したつもりはありませんわ。アレックスさまだから受けたのです」

「何を言うかオフィーリア、王家からも婚約の打診があったのに、先にキャベンディッシュ侯爵家と婚約してしまったから……。ああ、自分の運のなさが悔やまれる」

オーウェンズ伯爵は嘆いた。確かに、国王陛下からの婚約の打診はあった。だが、それはあくまで候補の1人として。また、それはオフィーリアだから希望したわけではなく、オーウェンズ伯爵家の先代に王女が嫁いだ過去があったからに過ぎない。

オフィーリアには2人の妹がいるから、婚姻の相手はそのどちらでもいいはずだが、オフィーリアと比べると見劣りがする。他の婚約者候補たちを出し抜けるほどではない。

事実王太子の婚約者選びは難航しており、いまだに決まってはいない。どの令嬢も甲乙つけ難しと評価されているようだった。その点ではまだ、オフィーリアの妹たちにもチャンスはあるのだが、オフィーリアであればすぐに我が家に決まっていたのに、とオーウェンズ伯爵は考えていた。

だがそもそも、キャベンディッシュ侯爵家からの婚約の打診に飛びついたのも、オーウェンズ伯爵だ。オフィーリアたっての希望で、かなりスムーズに、通常よりも早い手続きで、オフィーリアの婚約者はアレックスになっていた。通常の手続きを踏んでいれば、王家の打診にも間に合ったのだ。王家が同時に希望した場合、貴族は譲らなくてはならないというルールがある。

だからオーウェンズ伯爵は、自分の娘を王家に嫁がせるチャンスを失った運のなさに歯噛みしているのだった。

「婚約破棄なぞすればお前が傷物になってしまい、今さら王家との縁も結べない。だから仕方なくお前をやることに決めはしたが、本来であればお前は将来の国母になれるはずの存在だったんだ」

「興味ありませんわ、王家なんて」

前髪を切りそろえたストレートの長い薄紫色の髪に、高い魔力保持者であることを示す金色の瞳の美しい少女は、そう言って冷たく父親を見据えた。

「あんな、なんの価値もない男のところなんぞに、お前をやってたまるものか！　キャベンディッシュ家とは婚約を継続しなくてはならないから、せめて弟をと思った父の心がなぜ分からんのか！」

オフィーリアの心を射止めたアレックスのことを、オーウェンズ伯爵は恨みに思っていた。だからこれは単なる意趣返しなのだ。

キャベンディッシュ侯爵家の跡取りは、必ず魔法使いでなくてはならない。それはキャベンディッシュ侯爵が代々引き継いできた国の要職に、後継者を就かせるためだ。

別に世襲制というわけではないのだが、経験のある親から教育された子どもは、当然他の人間よりも、必要な資質、能力、知識を兼ね備えて社会に出てくるので選ばれやすい。

だが今回は、アレックスが魔法スキルを得られなかったのをこれ幸いと、オフィーリアと婚約破棄させたいオーウェンズ伯爵が、婚約を辞退させる計画を仕組んでいた。オフィーリアと結婚したいサイラスと共謀して、当主になれなかったアレックスを平民に落とすために。

「分かりません。分かりたくもありません。ともかく、わたくしの夫はアレックスさまただお１人と、心に決めているのです。他の方なんて嫌ですわ」

「そうは言っても、キャベンディッシュ家はもう長男を平民として放逐してしまったと聞いておる。アレックスはもうどこにもおらんのだ。どこに行ったのかすらも分からん」

「……もう、いいですわ」

「そうか！　分かってくれたか！」

オーウェンズ伯爵は、愛娘がようやく納得してくれたと思い、ご機嫌で部屋を出て行った。

オフィーリアは部屋に一人きりになってから、従者を呼び出すためのハンドベルを振った。

――チリンチリン。

「お呼びでしょうか、オフィーリアさま」

執事が部屋に入り、恭《うやうや》しく頭を下げる。

「コバルトを」

「――おそばに」

どこから現れたのか、オフィーリア専属の影《かげ》であるコバルトが、スッと絨毯《じゅうたん》の上にひざまずいた。

癖の付いた灰色の猫っ毛に大きな青い目。少年のような幼い体つき。だが、コバルトの本当の姿を知るものはいないという。今の姿も本来の姿ではないということだ。

オフィーリアの大祖母は、先代の国王の母親である元王太后で、今の王太子はオフィーリアにとってハトコにあたる。コバルトは誕生日プレゼントの代わりに大祖母からもらった内の1人で、王家の影として仕えている人間だ。父親もこのことは知らない。

大祖母はオフィーリアが王家に嫁いでくる可能性を考えてこの影を用意したのだろう。ひと目見てこの子は狙われると思ったようだ。

実際王家の影がいなければ、さらわれてしまったであろう出来事も何度かあった。それくらいオフィーリアは目立つ存在だった。

「キャベンディッシュ家のアレックスさまの行方を探してちょうだい。そして見つけ次第何ごともないよう、護衛を続けて。連絡係はジャックにお願いするわ」

ジャックと呼ばれた執事は、かしこまりました、と言った。ジャックは家令の補佐の立場だが、ほぼオフィーリア専属と言ってもいい役回りの人間だ。

「——御心《みこころ》のままに」

そう言うと、コバルトは来た時と同じように、またスッと姿を消した。

「それと。お父さまにちょっと嫌がらせをしておいてちょうだい。毛虫がやたら首筋に落ちてくるだとか、美人の前でやたらとけつまずくだとか、そんなのでいいわ」

「オフィーリアさまを怒らせるとは、旦那さまも身のほど知らずですね。婿養子の立場だから、この家で唯一、王家と血のつながりがないことが、後ろめたいのでしょうが」

執事のジャックは元々サンダース伯爵家の三男坊で、オフィーリアの父親であるジェイコブとは、同じ学園で学んだ顔見知りの間柄だ。

「ご自分の発言権を強くしようと、オフィーリアさまのご友人関係や縁談に、クチバシを突っ込むたびに、オフィーリアさまの怒りを買っているというのに毎回飽きませんね」

ジェイコブは同じく三男坊だったが、腐っても侯爵家の出だったため、家格を重んじる貴族同士の婚姻が結ばれたのだ。ちなみに嫌がらせで毛虫が選ばれるのは、ジェイコブが子どもの頃から毛虫が大の苦手だからだ。

「わたくしを怒らせるたびに、首筋に毛虫が降ってくるのを、毎回なんだと思っているのかしらね。

懲《こ》りないお父さまだこと」

オフィーリアはそう言って紅茶を一口飲んで微笑んだ。ジェイコブがオフィーリアを怒らせるたび毛虫が降ってくるせいで、ジェイコブは貴族の女性たちから避けられていた。

「それはカナリーにやらせましょう。――聞いていたな？　カナリー」

「かしこまりました」

天井からそう声がすると、しばらくして遠くのほうから、取ってくれ！　取ってくれ！　と、ジェイコブの悲鳴が聞こえてきた。

「相変わらず仕事が早いわね」

「常にストックしているらしいですよ。旦那さまは、あれですからね」

こともなげに後ろ手に手を組んだまま、ジャックがそう言うと、オフィーリアはクスクスと手を口元に当てて笑った。

「アレックスさま……。必ず探し出してみせますわ。すぐにおそばに参ります。わたくしのいる場所は、生涯あなたのそばだけですもの」

オフィーリアは服の下に隠していたペンダントトップを取り出して手に持ち、うっとりと目を細めて頬を染めた。

◇　◆　◇　◆　◇

バッカスの村は森を切り拓いた新しい土地で、まだ住む人の少ない場所だった。畑ばかりで家がほとんど見えないや。その中で遠くからでも分かる、ちょっと大きなレンガ造りの家と、その前に広がるたくさんの畑が、叔父さんの買った家と土地だった。叔父さんは玄関の前で待っててくれた。父さまと似た顔立ちだけど、冒険者をやっていただけあって、精悍《せいかん》でたくましく、男らしい雰囲気で、とても格好いい。

「よう、アレックス、大きくなったな」

「お久しぶりです」

「オリビアの避暑の護衛についていって以来か。俺も歳を取るわけだ」

母さまと唯一行った、レグリオ王国の海への旅行は、父さまが仕事でついて来られなかったので、当時現役の冒険者だった叔父さんに、依頼という形で同行を頼んだんだよね。

叔父さんと母さまと僕の3人だけという、他に護衛もつけない気楽な旅で、母さまもかなりリラックスして喜んでくれたんだ。

そんな特殊な理由がないと、平民になった叔父さんと関わることが出来ない。貴族と平民になった元貴族の関係ってそんな感じらしい。

正直寂しいけど、それが決まりなんだと言われたら仕方がないよね。

うちはそうやって、父さまが叔父さんと接する時間を作ってくれただけまだマシなほうだと思う。母さまよりもエロイーズさんのことを大切にしてたのだけは納得いかないけど、父さまも叔父さんのことは好きだったんじゃないかなあ。

叔父さんはその時の旅行の思い出を覚えていてくれて、僕を笑顔で歓迎してくれた。

リアムは叔父さんと関わったことがなかったから、僕が来ることになって正解だったな。

「母さまとは幼馴染だったんですよね」

「まあな。兄貴の婚約者として、長年家に出入りしてたからな」

たぶん叔父さんは母さまが好きだったんだと思う。そのせいか、母さまと顔立ちが似ている僕にもとても優しい。いまだに独身なのも、母さまを今も想っているからかもしれないな、なんて思う。だって、正直父さまよりもカッコいいもの。子ども好きな叔父さんが結婚しない理由なんて、他にない気がする。たぶん、初めから父さまがエロイーズさんと、母さまが叔父さんと結婚したほうが、誰も不幸にならなかったんじゃないかなって思うんだ。

その場合、僕は生まれないかもしれないけど。

叔父さんが父さまだったらなって、考えたことがないわけじゃない。だけどお互いの気持ちだけじゃどうにもならないのが、親に権利を握られてる、貴族の結婚なんだよなあ。

「まあ、立ち話もなんだから、家に入れ。うまい茶を淹《い》れてやろう」

叔父さんはそう言って、笑顔で家の中に招き入れようとして、玄関先で派手にコケた。

「だ、だいじょうぶ⁉」

「いててて、鼻を打った……。いや、だいじょうぶだ。問題ない」

あーあ、こっちを向いたまま入ろうとするから……。相変わらずドジだなあ、叔父さん。

昔からかなりのドジで、見た目がいかついのに、どこか憎めない人なんだよね。

そういえば、僕のスキルのことを父さまが伝えたと言っていた。

叔父さんは冒険者だし、何か情報を持っていないのかな?

世界中を旅していたんだし、教会が知らない他国のことまで、色々と知っていそうな気もするよね。あとで色々と聞いてみようっと。

「ようこそ、我が家へ」

叔父さんは改めて、僕を家の中に案内してくれて、お茶を振る舞ってくれた。

きちんと整理された室内。あんまり物がないのは質素を好む叔父さんの趣味だ。

一点豪華主義というか、タンスなんかの必要な家具はいい物を使っているらしい。

「――……!! 美味しいです」

「だろう」

そう言って叔父さんが笑う。

叔父さんが淹れてくれた紅茶は、びっくりするほど美味しかった。

「実家で飲んでいる味に似てるけど、でも、なんか違う気がします」

「俺の唯一の趣味でな。キャベンディッシュ家と同じ物を仕入れてる。お前のお母さんもよく喜んでくれたものだ」

そう言って叔父さんはお茶菓子のクッキーをかじる。

父さまは紅茶をあまり好まない。どちらかというと、母さまが大好きなんだ。たぶん、母さまを喜ばせてあげようとしているうちに、叔父さんの趣味になったんだろうな。

「――それで？　商人になりたいんだって？」

「はい、魚だとか、こういう物を売ろうと思ってます。あ、これ、お土産です」

僕は革の袋に入れた塩を手渡した。

叔父さんは袋を開けてペロッと塩をひとなめしてから、目を見開いた。

「――なんだこれは……!!　こんな上質な塩をどうやって……」

「僕のスキルを父さまから聞いてらっしゃらないですか？　〈海〉といって、海に関する物が手に入るスキルなんです。だから魚なんかも、なんでも手に入りますよ」

「なんでも、だと？　スキルの名前とある程度の説明くらいは聞いていたが、そんなに凄いものだったとは……」

「海に関する物だけですけどね？」

今の叔父さんの反応を見る限り、このスキルについて詳しくないってことだね、残念。

「試しに取り出すところを見せてくれないか？」

「分かりました。何がいいですか？」

「うーん、そうだなあ……。そうだ。ニニガを出してくれ」

「ニニガ？　なんですか？　それ」

「知らないだろう？　だからだ。お前が自分の知らない物でも出すことが出来るのかを、見たいんだよ」

「分かりました」

僕は椅子から立ち上がると、後ろに下がって、家の奥に通じる扉に背中をつけてスキルを発動させた。スキルの扉を出すには、ちょっとテーブルが邪魔だからね。

僕の目の前が発光する。眩しい光の奔流に包まれて、お馴染みの背の高い木で出来た扉が現れた。

扉が勝手に開いていく。

叔父さんはそれを見て驚くと、思わずガタッと椅子から立ち上がった。

僕はニニガ、と声に出す。すると扉の向こうからトゲトゲした、触ると痛そうな黒っぽい物が飛び出してきて、テーブルの上にチョコンと乗った。

「なんてこった……！　本当にニニガだ」

「……なんですか？　これ」

「浅海の岩場に張りついている生き物だ。珍味だぜ？　俺は好きだな」

「へえ……」

大人の味ってことかな？

「これなら、商人だけじゃなく、冒険者にもなれるな」

「え？　冒険者？　僕、冒険者になるつもりは別にないんだけど……」

それを聞いて叔父さんが笑う。

「ようやく昔の言葉遣いになったな。もう貴族じゃないんだ。敬語じゃなくていいさ」

「あ、そ、そうだね」

僕は、へへ、と笑った。

第三話　叔父さんのススメ

「――冒険者は魔物を討伐するばかりが仕事じゃない。採取や納品なんてクエストもあるのさ。お前の手に入れられる物によっては、ギルドに納品したほうが売るより得になることもある。どうだ、登録してみないか？」

元冒険者の叔父さんが言うことだ。

そっちのほうが儲《もう》けられるというのなら、叔父さんの言葉を信じよう。

「分かりました。冒険者にもなります」

「よし、そうと決まれば、アタモの町に行って商人ギルドと冒険者ギルドに登録しに行こう。お前はもう貴族じゃないから、身分証明書も必要だしな」

「――身分証明書？」

平民はそんなものを持ってるのか。初めて聞いたなあ。キャベンディッシュ侯爵家の従者たちも、みんな持っているのかな？

「貴族は持ち物に刻まれた家名の刻印が身分証明書代わりになるが、平民はギルドに登録しない限りは身分証明書が持てないんだ。今後家を買う時にも必要になるぞ」

普通は家を買うほどのお金なんて稼げないし、代々同じ家に住むから身分証明書は必要ないんだって。持ち家さえあれば、村長さんが身分を証明してくれるから、なんだそうだ。

でも僕みたいに自分で稼いで家を買おうとするなら話は別だ。いずれミーニャと一緒に暮らすんだから。

そんなことを考えていたら……。

「何、ニヤケてんだ？」

しまった、顔に出てたよ！

「な、なんでもないよ」

僕は思わず誤魔化した。

「それに、商人ギルドは商売を始めてから1年経たないと身分証明書を発行してくれないが、冒険者ギルドでランクが上がれば、商人ギルドで身分証明書を発行してもらいやすくなる。下位のランクの証明書じゃ、出来ることが限られているが、商人ギルドの身分証明書もあれば、平民としてはかなり暮らしやすくなるからな」

なるほどね。

「家の裏手に俺の馬車がある。準備するから待っててくれ。このあたりで馬車を持ってるなんざ、俺と村長くらいなんだぜ？」

叔父さんはそう言うと、家の外に出て行って、馬車を用意してくれた。

馬車がアタモの町に着くと、叔父さんは馬車を預かってくれる業者さんに、馬と馬車を別々に預けた。車体の手入れや、馬の世話をしてくれるらしい。

「よし、まずは冒険者ギルドと商人ギルドに行って手続きを済ませよう。それから当面の必要な物の買い出しだな。特に自分の服がないだろ？　持ち出せる物が極端に少ないからな」

「そうなんだよね。僕の服と言ったら、今着てるこの服と、替えの下着が3着しかないんだもん。とりあえず、当面の着替えだけでも買えるなら買いたいなあ……」

「まあ、平民の服は安いからだいじょ」

叔父さんはそう言うと、僕をひときわ立派な平屋の建物に案内しようとして、また入口で派手にコケたのだった……。

建物は、当然キャベンディッシュ家の家と比べると木造でみすぼらしいけど、近くのお店と比べるとメチャクチャデカい。

扉を開けて中に入ると、たくさんの人たちでごった返していた。

僕は叔父さんの背中に隠れながら、キョロキョロとあたりを見回した。

目の前にはカウンターがあって、そこに何人もの制服を着た女性たちが並んでいる。その前で革の鎧《よろい》や様々な武器を身に付けた人たちが順番を待っていた。

カウンターの手前の横の壁には、掲示板らしきものがあって、そこに貼られた紙をじっくりと眺めたあとで、剥がして受付カウンターに持って行く人たちもいた。

——動物の耳をつけた人たちがいる!!

……モ、モフモフだあ、触りたいなあ……。

完全な動物タイプの人と、半分人間みたいな見た目の人とがいるみたいだ。

獣人って、男も女もキレイな人ばっかなんだなあ。それにスタイルだって人間とは比べ物にならないくらいシュッとしていて、しなやかで力強い。

獣人の人たちもどうやら冒険者のようだ。剣を腰に差している人や、革の鎧をつけている人が受付のお姉さんたちと朗《ほが》らかに話している。僕も話してみたいなあ……。

僕が思わずじっと見惚れていると、可愛らしい猫耳の女の子と目が合って、パチッとウインクをされてしまった。

——ドキッ。か、かあいい。

だ、駄目だ駄目だ、僕にはミーニャという大切な女の子がいるんだ‼

僕が立ち止まってじっと見つめていることに気が付いて、叔父さんが何をしてるんだ？　こっちだぞ？　と声をかけてきた。

「獣人を見るのは初めてか？　まあ、キャベンディッシュ家の近くじゃ見かけないかもしれないな。昔は迫害されてたし、いまだに王都近くの貴族には嫌な顔をされるからな」

そうかもね。家庭教師から教わって、存在を知ってはいたけど、父さまからも獣人の話なんて聞いたことがないもの。家の中で話題にするのを避けてたんだろうな。

「——こっちだ」

叔父さんは僕を1番右奥のカウンターへと案内した。ベテランっぽい落ち着いた美人のお姉さんがそこには座っていた。

「あら、セオドアじゃないの。冒険者は引退したんじゃなかったの？　……後ろの彼は、息子さん？」

叔父さんと顔見知りらしい受付嬢が、笑顔で叔父さんに尋ねている。

「いや、甥っ子だ。今日はこいつの登録を頼みたい」

そう言って、叔父さんがカウンターに銅貨を１０枚置いた。

登録には手数料がかかるんだそうだ。

「分かったわ。じゃあ、これに記入してもらえるかしら？　それが終わったら、この水晶玉に手をかざしてね」

受付嬢が申込書を手渡しながら、説明してくれる。

「最下位のJランクからのスタートよ。受けられるのは１つ上まで。この場合はIランクまでになるわ。まあでも、初心者でもすぐにFランクまでは上がれると思うわ」

叔父さんに教えてもらいながら、申込書の記入を済ませ、僕は水晶玉に手をかざした。

「……スキル、〈海〉？」

受付嬢はそう言って首をかしげた。

スキルの中身が分かるってことは、教会にあった水晶玉と同じ物ってことだね。

僕は教会で鑑定するための金額を知らないけど、それなりの寄付が必要だと聞いている。

それからするとめちゃくちゃ安いよね。

水晶玉で見るだけだから、ほんとならお金がかからなくてもいいはずだけど、教会も運営が大変なのかもしれないな。

「はい、海に関する物であれば、なんでも出せるスキルです」

僕が説明しても、受付嬢はピンときていない様子だった。

「アレックス・キャベンディッシュさんですね、はい。確かに登録が完了しました」

そして、銀色のプレートみたいな物を渡される。

僕の名前と、Jランク、と刻まれていた。

なくすと再発行に銀貨1枚かかるから気を付けてね、とのことだ。

最初に銅貨10枚なのはプレートがお高いってことかな？　銅貨10枚で銀貨1枚と同じ値段になる。てことは、最初の登録手数料はほぼプレート代ってことだよね。

てことは、冒険者ギルドじゃ、スキルを鑑定する費用自体は無料ってことなんだ！　法律で定められてなかったら、平民はみんな冒険者ギルドで鑑定してもらいたいだろうなあ。

無料で出来る場所があるのに、わざわざお高いところで鑑定させられるんだもの。貴族は教会への寄付に慣れているから、別にそのうちの1回としか思わないだろうけどさ。

しかもギルドは、武器防具がない人には最初に小金貨5枚を無利子で貸し出してくれるらしい。これで道具を揃えるということなんだろう。でも、返せるくらい稼げなかったらどうなるんだろ？

僕はお金は借りなかったから返金出来なかった場合について聞かなかったけど、少し気になってしまった。借りた人から取り立てるのは無理だよね？　他の冒険者たちがクエストを完了することで、駄目だった人の分の貸し出し費用を回収してるのかなあ。

「こいつに、なんかいいクエストないか？　海に関する、納品が必要な物がいい」

叔父さんが、僕の後ろから、腰に手を当てて首を突き出して、受付嬢に尋ねる。

「海に関する物だったら……。ランド魚の納品依頼があるけれど。けど、難しいわよ？　それにDランクだし、セオドアが受注するんじゃなきゃ受けられないわよ？」

「ランド魚か！　そいつはいいな！　デカいからカウンターに載せられないだろう？　ランド魚を納品するために、クエスト受注後にすぐに裏手に回ってもいいか？」

「構わないけれど……。ほんとにいいの？」

受付嬢は訝《いぶか》しげにそう言った。

受付嬢にお礼を言ってカウンターを離れると、叔父さんは次に、左奥の壁へと僕を案内してくれた。

「ここに貼ってあるクエストの中から、受けられる物を選んでカウンターに持って行くと、クエストが受けられるのさ」

「叔父さんは引退したのに、クエストが受けられるの？」

僕は思ってた疑問を口にした。

「引退するってのは、俺が決めただけの話だ。冒険者登録証を返したわけじゃないから、俺は今でも冒険者のままなのさ……お、あった、あった」

叔父さんがランド魚の納品クエストの受注票の紙を壁からはがす。

「1つ上までしか受けられないのなら、僕が受けるのは無理なんじゃない？」

「いや、俺とパーティーを組めば問題ない。パーティーリーダーが基準になるんだ。荷物持ちで下位ランクを雇うなんてことは普通にあることだからな」

そう言って、今度は左奥のカウンターへと僕を案内した。

朝はクエスト受注カウンターがたくさんあるけれど、それ以降の時間帯は納品や討伐報告が主になるから、受注窓口はこの1つだけになるらしい。1番右奥は固定で新規冒険者登録用の窓口なのだそうだ。大きくてカウンターに載らない物は、裏手の解体小屋に直接納品するのだそうだ。

「こいつを頼みたい」

叔父さんはそう言って自分の冒険者登録証とクエストの紙をカウンターに載せて、僕にも同じように提出を促す。

僕も登録したばかりの冒険者登録証をカウンターに置いた。

「ランド魚の捕獲ね。2人パーティー、と。……問題ないわね。はい、じゃあお願いするわ。納品期限は7日後よ。失敗が5回続くと降格になるから気を付けてね」

受付嬢はそう言って、大きな木のスタンプをクエスト受注票に押してくれた。

僕は最下位ランクで降格がないから、これは叔父さんに言ったものだろうな。

だけど、僕は受付嬢のお姉さんが言った、もう1つの言葉のほうが気になった。

「——7日後!?　期限があるものなの？」

「もちろんいつまでも待ってもらえるわけじゃないぞ。だが、お前はすぐに出すんだから、別に問題ないだろ？」

「あ、そうか……」

慌てた僕を見て、叔父さんが笑った。

受注票を受け取って外に出ると、冒険者ギルドの裏手に回って、解体小屋へと向かった。鉄の引き戸みたいな扉を開けると、中から血なまぐさい臭いがした。

小屋の奥から人影が現れる。一見僕の腰くらいあると思わせるような腕をした、頭から唇の横までの斜めの傷がある、禿げたおっかない顔の男の人だ。手にしたでっかいナタみたいな道具の先端から滴《したた》る血が、ポタポタと……。

「ぎゃあああぁぁぁ!!」

僕は思わず腰を抜かしてその場にへたり込んでしまった。

叔父さんはそんな様子を意に介さずに用件を伝える。

「——納品を頼みたい」

「あいよ、なんだい？　なんだ、そっちの子は新人か、ずいぶんとだらしがねえな。俺の見た目くらいで驚いてちゃ、冒険者なんてつとまらねえぜ」

そう言って笑っている。

僕は商売のためにやるだけだからいいんだ！　とは口に出して言えなかった。

だって怖いんだもん。

「ランド魚だ。まだ生きてる」

「生きてるだって？」

解体職人さんは眉をひそめた。

「嘘をつけ。ここまで持ってくるまでに、弱っちまうだろ。普通は血抜きして持ってくるもんだ。——ああ、外の馬車じゃなく、あんたらアイテムボックス持ちか？」

——アイテムボックス？

「ああ、これから出すんだ。血抜きの準備をしてくれ」

「まあ、構わんが……」

怖そうな解体職人さんは、そう言って細い尖った巨大な鉄の棒を何人かと一緒に運んできた。キリという道具の大きいやつらしい。

「どこにランド魚を出せばいい？」

叔父さんがそう言うと、解体職人さんは既に水を汲んで床に置いてあった桶を持ち上げる。

血溜まりを桶の水でバシャーッと流すと、巨大な作業机の上を指さした。

「この上に頼む」

「アレックス、出してくれ」

「はい」

僕はスキルを発動させた。

僕の目の前が発光する。木で出来た背の高い扉が現れて、扉が勝手に開いていく。

僕はランド魚、と声に出した。

すると扉の向こうから、小舟くらいの、いやそれよりも大きな魚が現れて、こちらに泳いでくる。

……って、いやいや、デッカ‼　こんな大きい魚、木の扉を通れないよ⁉　扉よりも横幅があるもの！　聞いてない！　こんなに大きいなんて！

僕が内心焦っていると、木の扉の枠をすり抜けるように、ランド魚は作業机の上にドンッと乗っかった。木の扉自体はあくまでもイメージで、実体がないんだ。

扉よりも大きな物も普通に出せるらしい。よかった……。

「アイテムボックス持ちは初めて見るが、ずいぶんと派手なモンなんだな」

解体職人さんがそう言った。

確かに派手だよねぇ、僕のスキル……。

それから大勢で一斉にランド魚のエラの付け根の上部に巨大なキリを突き刺し、背骨の下にある太い血管をナタで断ち切る。

尾ビレの付け根にある血管もナタで断ち切ると、ダラダラと血が溢れてきた。これをすると血が抜けやすくなって、生きたまま血抜きをすることが出来るのだそうだ。

「まさかここで生きたランド魚にお目にかかるとはな……。お前さん、ずいぶんとデカいアイテムボックスをもらったんだな」

作業しながら解体職人さんが言ってくる。

「いや、〈海〉……」

「――ああ、かなり大きい物だろう？　こっちも助かってる」

叔父さんは、僕がスキルの説明をするのを制止した。

言わないほうがいいってこと？

アイテムボックスっていうのは、物をしまったり出せたりするスキルのことだよね？

「ほー。そいつはよかったな。こいつはキレイだし状態もかなりいい。色をつけてやろう」

そう言って他の人に指示を出すと、その人がお金を持って戻って来た。

「クエスト受注票をくれ」

言われた通りにクエスト受注票を差し出すと、解体職人さんの部下の人が、大金貨1枚と、中金貨2枚を代わりに僕にくれた。

「え？　こんなにたくさん？」

僕が驚いていると、

「なかなか納品を受ける奴がいなくてな。おまけに状態もいいからサービスだ」

と解体職人さんが言った。

「ところでお前さん、冒険者を始めたばっかだろう。ランクはいくつだ？」

「Jですけど……」

「カウンターに行ってみな。1つランクが上がってるこったろうぜ」

そ、そんなに早く？

「受けるクエストの難しさによっては、すぐにランクが上がるのさ。冒険者証を出して手続きすればすぐに反映される。さて、戻ろう」

叔父さんが職人さんの言葉に補足を加えてくれた。

受付カウンターに行くと、職人さんの言っていた通りランクが1つ上がるから、手続きをするので待っていてほしいと言われた。

ランクアップの変更手数料は無料らしい。

すぐに僕の差し出した冒険者登録証は、Iランクと刻まれて戻ってきた。

「さて、このまま商人ギルドに行こうか。ついでに塩を売ろう。その金で必要な物を買うんだ」

そう言って、今度は叔父さんが商人ギルドへ案内してくれた。


商人ギルドは冒険者ギルドよりもさらに立派な、レンガ造りの2階建てだった。

「うわあ……、凄い……」

「こんなもんで驚いてちゃ、中に入ったらさらに驚くぞ？」

そう言って、叔父さんは僕を商人ギルドの中へと案内しようとして派手にコケたあと、

「……邪魔するぜ」

何事もなかったかのように建物に入った。

商人ギルドは、特に並んでおらずすんなり入れた。

やっぱり、冒険者ギルドとは違って、商人は日頃自分の店にいるからなのかな？

それにしてもカウンター前のスペースが無駄に広くて、何もない空間が広がっている。

机と椅子くらい置けばいいのにね？　冒険者ギルドにだってソファーと椅子があったのに。

でも、ここはあくまでも一般客向けの待合用のスペースらしく、商人や業者の対応は裏でするんだと叔父さんに教えられた。カウンターの向こう側には、職員らしき人がたくさんいる。

商人ギルドの中は、冒険者ギルドの中と違って、受付窓口は3つだけ。

それも堅牢そうな透明な仕切りに囲まれて、手元だけがぽっかりあいている感じだった。

「――魔法で強化された透明な壁さ。大金を扱ってるのは冒険者ギルドと違いはないんだが、客も従業員も荒くれ者揃いの冒険者ギルドと違って、普通の奴らが勤めてるからな。ああして守ってる」

あんな魔法、初めて見るよ。凄い技術があるんだなあ。

我が家の家庭教師は、こんな魔法があるなんてこと、教えてくれなかったぞ。

これまで、貴族の子どもとして、また跡取りとして、家庭教師が何人もついて勉強してたから、それなりに知識はあるほうと思ってた。

実技の勉強は、もらったスキルが魔法系の時に合わせてするものだからそれほど出来てないけど。

それでも魔法の種類だとか歴史だとかは、教わってきたはずなんだけどなあ。

僕はスキル判明後、剣と魔法を教えてくれる学園に進む予定でいたけど、魔法スキルなしとして家を出たから通えなくなった。

学園に通ってたら、教えてもらえたのかな？

「今のお前の冒険者ランクじゃ、登録しても取り引きの幅が狭いからな。――俺の紹介ってことにする」

「あ、うん」

叔父さんは冒険者登録証を窓口に提出すると、僕の登録をしたいと告げた。

「セオドア・ラウマンさまですね。ご紹介承りました」

受付嬢が言った言葉に僕は驚いた。

冒険者ギルドと違って、丁寧な言葉遣いだったからじゃない。

確かに物腰からして、冒険者ギルドとは質が違うけど、気になったのは叔父さんの名前だ。

「ラウマン……？」

キャベンディッシュじゃないの？

叔父さんは、そう呟いた僕のほうに振り返った。

「今はまだ、貴族籍を抜く手続きが間に合ってないと兄貴が言ってたから、お前はまだキャベンディッシュだが、完全に貴族籍を抜かれたら、お前もキャベンディッシュは名乗れなくなるぞ？新しい名前を考えとけよ。ラウマンは俺の新しい戸籍だ」

「貴族籍、なんてものがあるんだね」

「ああ、いずれ抜けることになるがな」

そうだね、あまりにも急だったから、手続きが間に合わないのも、無理はないか。

僕は本当に何も知らないんだな。父さまが叔父さんに頼んでくれてよかったよ。叔父さんなら、貴族から平民になるのに必要なことをたくさん知ってるだろうから。

何か身分証明書はございますか、と言われたので、さっき登録したばかりの、Ｉランクの冒険者登録証を提示した。

それからここでも申込書を手渡されたので、申込書に記入をする。スキルの確認は必要ないから、水晶玉に手をかざすことはなかった。

登録が完了しました、と言って、商人ランクが示された商人登録証を手渡される。商人ギルドの登録証は金色のメダルみたいな物だった。

露天商をする時は、常に首から下げておく必要があるらしい。店舗を構えてやる場合は関係ないけど、店をやる時点で許可を得た商人と分かるからで、首から商人登録証を下げてない露天商人は、悪質な店だと判断出来るからだそう。

商人とひとくちに言っても、色々あるんだなあ。僕の商人登録証だと、店舗は借りることは出来るが買えないらしい。

ちなみに店舗を借りるなら、ひと月で中金貨2枚から大金貨2枚までランクがあって、買うのなら小白金貨5枚はかかるらしい。

だけど、店舗を持っていれば1つ中金貨1枚までの商品を店で扱うことが出来るとのことだった。

銅貨10枚で銀貨1枚、そこから10枚ごとに小金貨、中金貨、大金貨、白金貨へと上がっていく。

だが、叔父さんが僕に手渡されたメダルを一目見て口を開いた。

「そのランク判断、ちょっと待った。それと、塩の買い取りを頼めるか？」

「塩、でございますか？」

「ああ。こいつはこのレベルの商品を仕入れられるルートを持っている。その上で、ランクの判断をしてほしい」

かしこまりました、と言って、受付嬢が叔父さんから受け取った塩の入った革の袋を後ろにいた別のスタッフに手渡す。

その人が建物の奥へと消えて行った。

「商人は、仕入れられる商品でランクが決まる。最初に上げられるのであれば、上げておいたほうがいい」

受付嬢が離れたタイミングで叔父さんが教えてくれた。

しばらくすると、奥に引っ込んだ人が戻って来て、受付嬢のお姉さんに何かしら耳打ちした。かと思うと、受付嬢のお姉さんが、中へどうぞ、と言うと同時に、カウンターの右端のレンガ造りの壁に、スッと扉が現れた!!

ええっ!? 魔法かなんか？

僕は驚いたけど叔父さんは何事もなかったかのようにそれを見ていたから、僕も叔父さんに倣って平静を装った。こういうところはお互い元貴族ならではだよね。貴族はどんな時にでも、動揺を顔に出しちゃいけないんだ。僕はまだまだだな。

別にもう貴族でもなんでもないんだから、動揺したって構わない気もするけど、相手に付け入る隙を与えないっていう点においては、商人にも必要なスキルだと思う。

「行くぞ」

「あ、うん」

さっさと歩いて行く叔父さんのあとを、僕は慌てて追いかけた。

扉の向こうは長い廊下がのびていた。扉を開けてすぐのところに立っていた、白い手袋をして制服を着た男性が僕たちを案内してくれる。

——コンコン。

「どうぞ」

案内役の男性が、とある扉をノックすると、中から渋い声がした。

中に入ると、ソファーに腰掛けていたスーツ姿の男性が立ち上がって、僕たちにお辞儀をする。

「セオドア・ラウマンさまと、アレックス・キャベンディッシュさまですね。わたくしはこの地区の商人ギルド長をしておりますトーマス・ラカーンと申します」

——ギルド長⁉　メチャクチャ偉い人だ⁉

叔父さんは臆することなく、ソファーに腰掛ける。僕もすすめられるがまま、叔父さんの隣に腰掛けた。

僕は緊張して背筋を伸ばす。

叔父さんはいつも通りだった。

僕はラカーン商人ギルド長の向かいに座りながら、内心ドキドキしていた。

まさかこんな大物が出てくるとは思わなかったよ……。

ラカーン商人ギルド長は、白髪混じりの長い金髪を後ろに撫で付けていて、グレーの瞳をしていた。

４０代後半くらいかな？　とても落ち着いた雰囲気のある紳士だ。

背筋が伸びていて、姿勢がとてもいい。

仕立てのいいグレーのスーツを着ていて、肌の色は白磁のように白く、顔には年齢相応のシワがあるけれど、美丈夫と言っていいほどの整った容姿をしている。

ちなみにこの国では、男性は髪を短く刈っている人が多いから、平民でこういう髪型の人はかなり珍しい。貴族は別だけどね。叔父さんは短めだ。

ラカーン商人ギルド長は、僕たちが座るのを待って口を開いた。

僕は黙って聞くことにする。

「本日はどのようなご用件でしょうか？」

分かっているはずなのに、ラカーン商人ギルド長は改めて叔父さんに確認をした。

「塩を売りたい」

「かしこまりました。お持ちいただいた物をこちらへ」

ラカーン商人ギルド長が手を上げると、先ほど案内してくれた男性が一度部屋の外へと向かい、四角いトレイのような物に載せた小箱を持って戻ってくる。

ラカーン商人ギルド長にトレイを手渡すと、そこには叔父さんがさっき渡した塩入りの革の袋が収められていた。

袋に入っているのに、どうしてわざわざ別の箱に入れたんだろ？　万が一にも袋がやぶけて塩がこぼれないようにするためなのかな？

「塩はこちらにお売りいただけるのですか？　それとも商人登録の手続きをなさってから、店舗でお売りになるということでしょうか？」

「いずれ店舗でも販売予定だが、まずは商人ギルドに買い取ってもらいたい。商人ランクを上げるためにな」

「かしこまりました。商品を確認させていただきますね」

ラカーン商人ギルド長は、革の袋の紐をほどくと、中の塩に触れもせずに、じっと袋の中身を見つめだした。

──あれ、もしかしてこの人鑑定スキル持ちなのかな？　だとしたらちょっと厄介かも。

スキルで出した塩と普通の塩の違いを見抜かれでもしたら、何か言われないだろうか。

僕の心配を知ってか知らずか、叔父さんは相変わらず無表情で無言のままだった。

僕は叔父さんの言葉を待つことにした。下手なことを言ったら、怒られそうだしね。

叔父さんはちらりと僕に視線を向けると、無言でうなずいた。

──俺に任せろ。

そう言ってくれているような気がした。

なので、安心して黙って待つことにする。

ラカーン商人ギルド長が塩の査定をしている間、少しの間沈黙が続いたけど、やがて静かにポツリと言った。

「──こ、これは……、まさか……、あの伝説の……、神の塩なのですか……？」

ラカーン商人ギルド長が驚いて目を見開いている。

——神の塩？　何それ。

「混じり物のない、純粋な塩だ。その美しさからも分かるだろう。紛れもなく、神の塩さ」

叔父さんが自信満々に言った。

「かねてより噂には聞いておりましたが、目にするのは今回が初めてです。……ですが間違いなく、純度と栄養価の高い塩であることが判明しました」

塩って本来そういうものじゃないの？

キャベンディッシュ家で使われてる塩は、いつもこれなんだけど……。

まあ、この塩はそれよりもより白いかな？　僕がキャベンディッシュ家で厨房に忍び込んだ時に見た塩は、もう少しくすんでた気がするかも。

「——このレベルまで塩を精製出来る工房はそうはない。それをこの地区で取り扱えるというのは、商人ギルドの財産にもなるはずだ。ぜひともこれを取り扱えるアレックスの商人ランクを引き上げてほしい」

「今回持ち込まれた塩の状態を確認いたしました。——今後、同じレベルの塩を、取り引き可能ということで、よろしいでしょうか？」

「ああ。もちろんだ」

「こんな最上級品を仕入れられるとは、やはりキャベンディッシュ家の……？」

「仕入れ先のルートは、商人の財産だ。おいそれと口に出来るものではないのは、あんたも分かっているはずだ」

叔父さんにそう言われて、ラカーン商人ギルド長は恐縮しながら、

「そうでございますね。わたくしどもが商人の心構えを問われるようではいけません」

と、苦笑した。

扉がノックされ、先ほど商人ギルドの奥に塩を持って行った従業員さんが、トレイを持って入って来て、全員にお茶を配ってくれる。

――あ、美味しいや。

「……それに、Sランク冒険者である、セオドア・ラウマンさまのご紹介です。詳細を聞かずとも、それだけで信用に値するでしょう」

――叔父さんって、Sランクだったの⁉

我が家では、父さまがエロイーズさんの前で叔父さんの話をあんまりしないから、叔父さんが元冒険者ってことしか知らなかった。

母さまが遠くまで外出する時は、日頃は甲冑《かっちゅう》を身にまとった、馬に乗った護衛の兵士が4人はついてくるのに、レグリオ王国への避暑旅行の時には、叔父さん1人だった。

それも、叔父さんがSランク冒険者だったからだ。その時はまだ違ったかもしれないけど、叔父さんが強いから、1人でよかったんだろうな。今考えると納得がいくよ。

「では、アレックス・キャベンディッシュさまの取り引きは、小白金貨5枚までを可能とすることにいたします。こちらでよろしいでしょうか？」

「ああ。問題ない」

叔父さんはそう言ってお茶を飲んだ。

僕は目を白黒させた。

小白金貨5枚って、さっき店舗の購入金額だって聞いたよ!?

そんな高い商品扱わないよ！

……でも、ランド魚一匹で、大金貨1枚と中金貨2枚だったし、それ以上の取り引きが可能だったほうがいいのかな？

叔父さんのすすめだし、きっとそのほうがいいよね！　早くたくさん稼ぎたいしな。

その分ミーニャとの結婚も早くなるなら自分にとっても嬉しいし。

「では、こちらが塩の代金になります。お確かめください」

ラカーン商人ギルド長は、そう言って、机の上に大金貨2枚を並べた。

あんな小さな革の袋1つ分の塩が、デッカいランド魚よりも高いの!?

叔父さんはこれを分かっていたから、塩を売ろうと思ってたのか……。

「今後同じ物をお願いしたい場合、どの程度の日数が必要でしょうか」

「7日だな。急ぎの場合は追加料金込みで、3日……。最低でも2日欲しい」

別にスキルですぐにでも出せるんだけど、そう言っておいたほうがいいってことなのかな？

叔父さんには何か考えがあるんだろう。

「分かりました。いい取り引きでした。今後のご活躍をお祈りいたします」

そう言って、ラカーン商人ギルド長は、笑顔で僕たちを、入って来たドアの入口まで見送ってくれた。

いきなり大金を手に入れちゃったよ……。

でも、家を買うにはまだまだだよね。頑張って稼がなきゃ!!

「もしも明日からでも、すぐに商売を始めるのなら、店を借りておくか？　それならこのまま窓口で手続きが可能だが」

叔父さんが窓口をちらりと流し見て、腰に手を当てて、握った拳に立てた親指で指し示しながらそう言った。

「うん、そうだね、魚屋さんを始めようと思ってるんだ。僕のスキルで出せるのは、魚や塩くらいだし」

「なら、あとで市場調査に行くといいぞ。このあたりで魚はめったに手に入らないからな。露天商がたまに来るくらいだ。いたら他の店がいくらにしているのか、確認しておいたほうがいいな」

そっか……。値段……。

確かに分からないや。

調べておいたほうがいいかも。

第四話　商人デビュー

その頃、王宮では。

「――ついに勇者に関するお告げがあったというのは本当か、祭司長よ」

中央に赤い絨毯が敷かれ、その両サイドに厳しい顔つきの大臣たちが立っている。

ここは国王へ謁見する間だ。

入口から見て右手に王族派の貴族が、左手に貴族派の貴族がそれぞれ立っていた。一部どちらにも属さない中立派の貴族もいる。

入口から最も遠く、国王に近い場所から、序列の高い貴族が立つという暗黙の了解があるため、国王への新年の挨拶の順番なども、この並び順にて行われる。

右手1番奥が法務大臣のロビンソン・フェアファクス公爵で、左手1番奥が財務大臣のウィリアム・デヴォンシャー公爵だ。右手のその次が筆頭補佐官のデニス・アルグーイ公爵、左手のその次が宰相をつとめるマーシャル・エリンクス公爵となっている。

中立派は単純に序列順に並ぶことになっているので、どちら側に立っているからでどうということもない。そしてまた、彼らは派閥に所属していると見せて、そうとも限らないのだ。

その中には、アレックスの父にして魔法大臣のアーロン・キャベンディッシュ侯爵の姿もあった。

その向かいに防衛大臣、デクスター・グリフィス侯爵の姿がある。

この国の教会のトップである祭司長、ドノバス・クアントは、リシャーラ王国国王である、エディンシウム・ラハル・リシャーラの前にひざまずき、頭《こうべ》を垂れていた。

実に２００年ぶりにもたらされた、勇者に関するお告げを報告するために、クアント祭司長は王城に足を運んでいたのだ。

「ドノバス・クアント祭司長、発言を許します。陛下にお告げの内容を伝えなさい」

そう言ったのは、筆頭補佐官のデニス・アルグーイ公爵だ。

国王の代理として、謁見する者に発言の許可と質問に答える許可を与える役目を持っている。

「……かしこまりました。神の託宣はこちらに記されておりますとおりにございます。ぜひこちらをご覧ください」

アルグーイ公爵が片手を軽く上げると、近くに控えていた補佐官が、クアント祭司長の差し出す巻物を受け取った。続いて、アルグーイ公爵が中身を一瞥してから国王へと手渡す。

「……〝ななつをすべしもの〟が、恒久への道を指し示すであろう。――これですべてか」

国王の言葉に、その場にいた全員が、少しザワザワとしだす。

「さようにございます」

「ななつをすべしものとは何か。ずいぶんと抽象的に思われるが」

国王がクアント祭司長に問いかけ、アルグーイが祭司長に回答を促す。

「神とは奥ゆかしいもの。具体的な時期やものごとを明言しない場合も多いものです。〝選ばれしもの〟が現れる場合のように、おおよその推測をたてるほかありません」

「その〝選ばれしもの〟は、まさに7人いるわけだが、そのことではないのかね？」

明確さに欠ける託宣に苛立ちながら、法務大臣、フェアファクス公爵がそう尋ねる。

〝選ばれしもの〟とは、この世界の教会で、神の言葉を直接聞くことが出来るとされる、特別な力を持って生まれる人間のことだ。

〝選ばれしもの〟として生まれた場合、赤子の時点で問答無用で教会に引き取られ、教会の祭司たちの手で育てられることになる。

寿命で1人亡くなる場合、欠けた人数を補充するかのごとく、次代の〝選ばれしもの〟の誕生を伝えるお告げがあるのだ。誕生を知らせるだけで、それがいつ、どこなのかまでは分からないが、妊娠した時点でお告げがあるため、お告げから1年以内に生まれた赤子の中から見つけ出すだけでよい。

「もしも〝ななつ〟が〝選ばれしもの〟を指し示す場合、それをすべしものとは、神にほかならないでしょう」

クアント祭司長が、言外に、自分が知っているはずはないことだと告げた。

なれば〝ななつ〟とはなんのことであるのか。

瘴気《しょうき》が濃くなり、人里に強い魔物が現れることも増えた昨今、リシャーラ王国をはじめとする世界の国々では、聖女と勇者の誕生が待ち望まれていた。

瘴気が濃くなるのは、定期的に魔王が復活しようとするためで、魔王は特別な力を持つ人間にしか倒せないとされており、代々封印を施すことしか出来ていない。

――魔王は倒せないのだ。

瘴気が濃くなるのは時間の経過により、封印がほころびていることが原因だ。

勇者の役目は、瘴気の影響で目覚めた、厄災級の魔物と魔王をしりぞけること。

そして封印を再び施すには、聖女の存在が必要不可欠とされているのだが……。

「――それで、重ねて尋ねますが、聖女さまに関するお告げはなかったのですね？」

財務大臣、デヴォンシャー公爵が尋ねる。

クアント祭司長がそれにうなずいた。

「文献を紐解く限り、過去にもこうしたことがありました。勇者さまと聖女さまは、必ずしも同時に託宣があるとは限らないのです。ですがその誕生が、どちらか片方のみであったという事実も、また、ありません」

「……待つしかないのか。我々は」

国王、エディンシウムはため息をついた。

「魔塔の賢者、リュミエール・ラウズブラスよ。そなたはどう考える。魔塔では、神のお告げについても研究していると聞く」

エディンシウム国王がラウズブラス男爵に目線をやると、エリンクス公爵とアルグーイ公爵が、同時に少し眉をひそめた。

国王が意見を求めたのが、宰相でも筆頭補佐官でもなく、序列でいえばほとんど最下層、最も入口に近い場所に立つ男であったことに対する、明確な嫉妬がこもった眼差しだった。

リュミエール・ラウズブラス男爵は、元々平民であったのが、実績を買われて爵位を授けられた人間であるため、青い血――貴族の血筋を尊《たっと》ぶ生粋の貴族からは疎まれていた。

ラウズブラス男爵は、軽い嫌がらせのように、なかなか発言を許可しようとしないデニス・アルグーイ公爵をちらりと見る。

「リュミエール・ラウズブラス男爵、発言を許可しよう。陛下にそなたの考えを伝えなさい」

たっぷりと時間を取ったあと、ようやくアルグーイ公爵がそう言った。

「この世界において、数で縛れるもの。大陸は6つ、選ばれしものは7人。海は8箇所。国に至っては小さなものも含めば154。ですがその中に、すべるという言葉に相応しい、〝ななつ〟が存在しておりません」

ラウズブラス男爵は、後ろ手に手を組んで目線を落としながら言った。

「ならば、それはなんであると？」

「……我々は、それが何かのスキルを暗示しているものだととらえています」

「――スキル？」

予想外の答えに、エディンシウム国王はポカンとし、エリンクス公爵とアルグーイ公爵は、笑いをこらえるふりをしてみせた。

「なぜ、そう思うのかね」

エディンシウム国王は、ラウズブラス男爵の言葉の続きを急かした。

「以前のお告げが指し示した結果を鑑みたまでです。〝おりなす若葉を慈しみし愛し子が揺りかごを揺らす〟。これは記録にある中で最も古い聖女さまに関するお告げです」

「はい。その時の聖女さまは、世界樹を育む力をお持ちの方でした。聖女さまのお力により、世界樹は力を取り戻したのです」

クアント祭司長が補足をするように言う。

「〝流れに逆らいし番人が空白をもたらすであろう〟というお告げは、その時の勇者さまを指し示したお告げでした」

「この時は、時を戻す時空間魔法を操る勇者さまが世界を救われました」

再びクアント祭司長が補足する。これらは代々勇者や聖女が持つスキルを暗喩していたため、今回も同じようにお告げはスキルを示しているというのが魔塔側の研究結果だった。

「……代々勇者さまに受け継がれていた剣も失われて久しい。おそらくこれは、勇者さまを知る者もしくは、勇者さまの剣のありかを知る者に関する予言ではないでしょうか」

「勇者そのものに関するお告げではない、ということか？　ラウズブラス。教会もそのように考えているのか？　クアントよ」

国王がクアント祭司長を見て言った。

「我々は神の言葉をお伝えするのみでございますので……。そうであるかもしれませんし、そうでないかもしれません。ただ、勇者さまに関するお告げであるとだけ。ですがその可能性はおおいにあるでしょう」

エリンクス公爵とアルグーイ公爵が、自分を睨んでいることにも、クアント祭司長は涼しげな反応だった。教会はあくまでも国と対等な立場であり、力のある存在だ。

民草を守るためならば、国王にこそ頭は下げるが、その臣下にまで下げる筋合いはないとクアント祭司長は考えていた。

礼儀としてアルグーイ公爵の許可を待って発言はするが、従うつもりがないのだ。

ただのマナー。慣習。それだけのこと。

何より神の子とされる〝選ばれしもの〟などは、国王にすら頭を下げない。

教会内の立場こそクアント祭司長が上なだけで、〝選ばれしもの〟は不可侵領域なのだ。

それが分かっているから、ラウズブラスを支持するかのような発言を、エリンクス公爵とアルグーイ公爵は面白くなく思っていた。

王侯貴族のほうが上であると考えているエリンクス公爵とアルグーイ公爵としては、そんな教会がラウズブラス男爵の味方になることだけは決してさけなくてはならなかった。

「なれば貴殿は、それがいったいなんのスキルであると考えているのだね?」

宰相、エリンクス公爵がラウズブラス男爵に再び尋ねると、——さあ? とラウズブラス男爵は、とぼけた表情で首をかしげた。

「お告げはあくまでも、スキルをなぞった言葉ですので、実際それらしきスキルを目の当たりにしてみないことには、なんとも」

「それでは意味がないではありませんか」

アルグーイ公爵があきれたように言う。

「まったくもってそのとおりだ」

エリンクス公爵がそれに同意する。

なんとしてもラウズブラス男爵の言葉が、自分たちよりも尊ばれることがないように、少しでも下げたつもりだったのだが、防衛大臣、デクスター・グリフィス侯爵が2人を見て言う。

「意味がないかどうかは、探してみねばなんとも言えまい。そうであろう?」

続けて、グリフィス侯爵が胸に手をあてて頭《こうべ》を垂れる。

「陛下。ご許可を」

国王はいいだろう、と言った。

「――おまえたちは託宣に該当すると思《おぼ》しき人物を当たるように」

「「はっ」」

グリフィス侯爵が、かたわらに控えていた第1騎士団長、ヒュンケル・アグリスと、第2騎士団長、ルディス・ノートンにそう告げると、2人が後ろ手を組んだ姿勢で応える。

一方、エリンクス公爵とアルグーイ公爵は、騎士団よりも先に、該当のスキルの人物を見つけ出し、そいつから勇者の剣を取り上げて、お告げの解釈が間違っていたことにしてやろう、と考えていたのだった。

◇　◆　◇　◆　◇

僕は窓口で店舗を借りる手続きをすることにした。

受付のお姉さんが料金一覧表を見ながら説明してくれる。

見せてもらえないのは平民は文字を読めない人が多いからかな？

「地面に布を敷いた露天商が、１０日で銀貨３枚、屋根付きが１０日で小金貨１枚、店舗をひと月借りる場合は中金貨２枚からとなります。また、店舗はひと月単位でしか借りられません」

「どうするんだ？　数種類の商品をたくさん並べたいなら、屋根付きか店舗じゃないと狭くて厳しいぞ？　地面に布を敷いた店は、大体1種類の商品をたくさんか、数種類を1つずつ扱ってる」

「うーん……。じゃあ、屋根付きにします。どのくらい売れるかも分からないし」

「そうだな、それがいい」

僕はとりあえず屋根付きをひと月借りることにした。

市場でお店を出す際の注意事項について、受付嬢のお姉さんからいくつか説明を受けたあとで、中金貨1枚を出して、小金貨7枚のお釣りをもらう。

屋根付きの店の場所の地図をもらって、位置の確認と買い出しがてら、叔父さんと一緒にブラブラとアタモの市場を散策することにした。

地面に布を敷いた店は絨毯やアクセサリーなんかを売っている。屋根付きの店には、美味しそうな焼串や、珍しい果物なんかがあって、それを見た僕はお腹がすいてきた。

食べながら歩こう、と叔父さんが提案してくれたので、一緒に焼串2本を銅貨6枚で買って食べたんだけど……。味、うっすい。

塩の流通が安定してるとは言っても、金額は高いから、平民の口には入りにくいのかもね。素材そのままの味って感じだ。

みんな美味しそうに食べてるけど、キャベンディッシュ家の味付けに慣れている僕からすると、ひどく物足りない。あとで塩を出して、振りかける用に小瓶に移して持ち歩こうっと。

そう思って、露天商からそのための小瓶をいくつか購入した。

あと衣服も足りていなかったから数着購入した。

我が家の場合、欲しい物は基本お強請《ねだ》りして買い与えてもらっていたし、洋服は出入りの仕立屋がやって来て採寸してくれて、それからデザインを選ぶ。お金はあとから請求されていた。

だから現金って初めて使ったよ。貴族の服を着て平民の服を買いに来るなんて、放逐される子どもしかいないから、可哀想な子を見る目で見られて恥ずかしかったな。

今着ている服は、支度金として最初に父さまからもらったお金で買った物だ。このほかは下着数枚しか持って来ていない。

王都で買うとなんでも高いから、もともと残りの着替えは叔父さんのとこに着いてから買うつもりだったんだよね。ちなみに下着はマーサ手縫いの餞別《せんべつ》の品だ。

しばらくすると、地面に布を敷いた店で、女の子と小さな男の子の姉弟が魚を売っている光景が目に入った。偉いなあ。お手伝いかな。

服装を見ると平民だと思うんだけど、体型に合わないブカブカの服を着てる。それもだいぶくたびれた感じだ。何度も繕《つくろ》って着続けているのか、少し妙なところがひきつれて、引っ張られている感じがする。

でも、子どもたちは、二人ともとても可愛らしい。お姉さんのほうはリアムよりも少し年下くらいかな？　背中までつくくらいのやわらかそうな茶色とも金色ともとれるくせ毛の髪と、茶色い目をしている。将来お婿さん候補には困らなそうだね！

男の子のほうも、青いクリクリお目々で焦げ茶色の髪をした、とっても利発そうな子どもだ。だいぶ小柄で細い体つきだった。

子どもたちの魚屋さんは大盛況で、次々とお皿やボウルを持った奥さんたちがやって来て、飛ぶように魚が売れていく。お客さんたちが注文している声で、魚の値段が大体分かってきた。

「はい、ロアーズ魚２匹で銀貨４枚だよ！」

「アローア魚３つですね？　銀貨３枚と銅貨６枚になります！」

……魚、高《た》っかいんだなあ。

肉の焼串なんて、１本銅貨３枚なのに。

というか、僕が最初に出したロアーズ魚、一匹で銀貨２枚もするのか。

ここまで持ってくるのに時間がかかるからか、桶の中の魚たちはぐったりしていた。それでもあっという間に売れているのが凄い。

そんなに種類も数もなかった魚屋さんは、一瞬で売り切れとなった。

「今日は店じまいです！　来週また来るのでお願いします！」

お姉さんのほうが声を張り上げている。

「やっぱりしょっちゅうは来れないんだね。だからあの値段でも売れるのかな？」

「いや、もともとこのあたりじゃ新鮮な魚がとれないからな。普段からあのくらい高いんだ。たまに遠くから行商人が来ることがあるが、それも同じくらいだな。定期的に見かけるのはあの子どもたちだけだな」

叔父さんが教えてくれた。

「ただ、生きているのに魚がグッタリしていてな。俺はあまり食べる気がしないな」

叔父さんはあの店で魚を買ったことがないらしい。マジックバッグで魚を運んで来る、他の行商人から買うんだって。

これなら僕が〈海〉で出す魚のほうが新鮮だから、きっと飛ぶように売れるぞ!!

ちなみに僕が借りた屋根付き店舗は、かなり中心街から離れた、1番奥の場所だった。

正直あまり人通りがなくて、隣の焼串屋のおかみさんも、暇そうにあくびをしていた。

こんなので生活が成り立つのかな？

でも、魚が人気なのは分かったし、場所なんて関係ないや！　僕は明日から商売を始めるのが、既に楽しみで仕方がなくなっていた。

魚を入れるためのタライと、お金を数えるための道具と、生活に必要なこまごました物を購入して、僕は叔父さんと家に戻った。

家に帰ってから、叔父さんが僕に尋ねる。

「アローア魚は食べたことがあるか？」

さっきの姉弟が売っていた魚だ。

正直今まで見たことがない。

「いえ、うちではめったに魚は食べなかったし。父さまがお肉が好きだから……」

買えるお金がないわけじゃないけど、父さまもエロイーズさんもお肉が大好きだから滅多に魚は出ないんだ。

「やっぱりそうか。料理してやるから、出してくれるか？」

叔父さんにそう言われて、スキルでアローア魚を２匹出した。

「お前もそのうち独立するつもりなんだろう？　料理は出来たほうがいいぞ。見とけ」

叔父さんはそう言って、澄ましバターという、バターの使い方を教えてくれた。

料理なんて初めてだから、僕は興味津々でそれを見ていた。

「バターは牛の乳から作るんだ。２つ離れた村で牛を育てていてな。そこで手に入る」

手際よくアローア魚をさばくと、ほんの少しだけ塩を振る。それから小麦粉をつけて余分な粉を払うと、澄ましバターを入れたフライパンでじっくりと両面を焼いていく。

一緒に野菜くずのスープも作ってくれた。マッシュポテトは、僕も潰すのを手伝った。あとはパンを出して今日の夕ご飯が揃った。

毎回夕ご飯はコース料理が当たり前だったキャベンディッシュ侯爵家と比べると、かなり質素だったけど、素朴な味わいでとても美味しかった。

「これが平民の基本のご飯なの？」

「1人につき1人前の肉や魚が並ぶのは、かなり贅沢なほうだ。うちは毎食1人前食べてるが、そうでない家がほとんどだと思ったほうがいい」

そうなのか……。僕は平民としては、かなり今贅沢をしてるんだな。

「それに、塩すらない家も多い。肉の焼串に味がほとんどなかったろ？」

「そうだね」

「あれが普通なんだ。お前も取り引きで分かったと思うが、塩はまだまだ高い。だから流通が安定しているとは言っても、あまり平民の口には入らないのさ」

やっぱりそうなのか。

「叔父さんがSランク冒険者だから、うちには塩があるってことだね」

「ああ、そういうことだ。魚を売っていた子どもたちだって、売れ残りでもなきゃ、食卓に魚が並ぶなんてことはないだろうな」

そうなんだ……。

うちの国は、他の国より平民もかなり裕福だって聞いてたのにな。

自分が食べられない物を売るって、なんか辛いな。

「でも、お客さんは結構いたね？」

「町の近くに住んでる奴らは、平民にしては多少は裕福なほうさ。それか旅行者だ。宿屋に持ち込めば料理してもらえるしな」

「……そういう人たちが、僕のお店のお客さんってことだね」

「そうだ。普通なら魚一匹に銀貨なんて払ってたら、家族を食わせてやれないからな」

なら、もう少し手に入りやすい値段にしようかなあ。普段食べられない人たちも、魚が食べられるようになったら喜ぶよね。

うん、決めた。僕の店は、平民の味方にしようっと！

「ちなみに、1番安い魚って何かな？」

「そりゃ、エノーだな。それでもここいらじゃあ、銅貨8枚はするぞ？」

エノーか。どんな魚なんだろ？

「よく食べられる物なのかな？」

「たくさん流通すればな。だが、ありゃあ冬が旬の魚だ。冬ならよく獲れるから銅貨6枚まで値が下がることもあるが」

「僕、明日それを売ってみようと思うんだ。もちろん他の魚も売るけど、たくさんの人たちに魚を届けたいから」

「……ふうん。まあ、やってみろ。失敗も勉強のうちだ」

叔父さんからすると、失敗する前提なのかな？　でも、出来る限り工夫して頑張ろう。

「それと、ここの奴らにお前のスキルのことは知られないように気を付けろ。特に塩だ。あんな物を出せると分かったら危険だからな」

やっぱり、理由があって、僕が解体職人さんにスキルを説明しようとした時に止めてくれたんだね。確かに、犯罪者だってたくさん入国してるんだ、知られないほうがいいよね。

「誰かに聞かれたらアイテムボックスってことにしろ。空間に物をしまえるスキルだ。中に入れた物が腐ることもないから、お前のスキルを誤魔化すにはピッタリだ」

「やっぱりそういうスキルなんだね、なんとなく思ってたけど……。アイテムが出せるところが似てるね。分かった、そうするよ」

僕はうなずきながら言った。

「アイテムボックスは時空間魔法のようなものだと言われている。だから中に物を入れた状態で持ち主が亡くなってしまうと、二度と取り出せなくなっちまうのさ」

「万が一そこに財産を丸ごと入れてたら、家族が困っちゃうね？」

二度と取り出せないんじゃ、死ぬ前に全部出してもらわないといけないよね。

金庫代わりに中に保管するつもりで、突然その家族に死なれたらおおごとだよ。便利なようで、ちょっと不便なスキルかもね。

「そうだな。アイテムボックスにはレベルがあって、1番大きい物は、ほぼ無限だと言われてる。人が中に入って出入りすることも出来るらしい」

「凄いね！　僕も扉の向こうに行ったら、海で泳げたりするのかな？」

「さあな。深海につながってる可能性だってあるぞ？　そしたら溺《おぼ》れて死んじまうだろ」

「そっか……」

海の中につながってるんだとしたら、すっごく深いところに、突然放り出される可能性もあるわけか。怖いからやめとこうっと。

「さあ、今日はもう休め。明日の朝は、朝は畑の水やりや草むしりを手伝ってくれ。昼ご飯を食べたら、市場に行っても構わないから」

「うん、分かったよ」

「タンスは1つだけ購入してある。もっと欲しかったら、それは自分で稼ぐんだ」

「うん」

叔父さんの家はお風呂もあったので、ありがたくいただくことにする。先に入るよう言われたけど、流石に家主よりも先は申し訳なくて断ったら、ここはもうキャベンディッシュ家じゃないんだぞと笑われた。

貴族の家では、大浴場は当主よりも先に入ってはいけないからその習慣が抜けていなかった。この場合はお風呂が1つだろうから、と思って遠慮したんだけど。

ちなみにキャベンディッシュ侯爵家では、それぞれの部屋にも小さなバスタブがあって、それはおのおの、好きな時に入れることになっている。父さまは帰りが遅くなることがほとんどだから、僕とリアムは部屋の中のバスタブを使うことが多かった。

「――叔父さん、ひょっとして、武器をお風呂場に持って行くの？」

腰に短剣と小さな盾を装備したままの叔父さんは、そのままお風呂に行こうとする。

「ここは魔物が棲んでいる山のふもとだからな。いつなんどき、何があるか分からん。だから常に警戒しておいて損はないのさ」

なるほどね。

僕は叔父さんのあとにお風呂をいただいてから、2階の僕の部屋にある叔父さんが用意してくれていたタンスの中に、買った服やタオルなんかを整理してしまった。

まあ、どうせ明日また取り出すんだけど。

魚を入れる用のタライは、重ねて床の上に置いた。今日は疲れたな……。

ベッドは干し草を敷いた上にシーツをかぶせた、簡易的な物だった。

靴を脱いで、買っておいた寝間着に着替えてベッドに潜り込む。

干し草、いい匂いだなあ！

叔父さんが干しておいてくれたのかな？

普段使ってるベッドマットとは違うけど、フカフカだあ……。まだあったかい。

僕はぐっすりとそのまま眠ってしまった。


気が付いたら太陽がかなり高いところまで昇っていた。

——しまった！　もうお昼だよ！

慌てて寝間着を脱ぐと、着替えてから靴を履いて一階に下りた。

テーブルの上に、ふきんがかけられた朝ご飯らしき物が置いてあったけど、横目でちらりと見て通り過ぎる。

「ごめん、叔父さん！　寝坊しちゃった！」

家の中に叔父さんがいなかったから、外に出て畑を見回すと、叔父さんがちょうど草むしりしているところだった。

叔父さんが僕に気が付いて顔を上げる。

「疲れていたようだったから、寝かせておいたんだ。明日は頼むぞ。朝食は作ってテーブルの上に置いてあるから食べなさい」

「うん、ご飯を食べたら草むしりをするよ。待っててね」

「分かった」

急いで、パンと野菜スープとオムレツの朝ご飯を済ませると、畑に出て叔父さんと一緒に草むしりを手伝った。叔父さんが持っていた、水を入れる革の袋を分けてもらって水を飲んで一息ついてから、またしばらく草むしりをして水やりをした。

「今日はこのくらいにしておこう。腹が減ったろう、そろそろお昼ご飯にしようか」

叔父さんが腰を叩いて立ち上がり家に戻っていくので、慌てて後ろからついていく。

「手伝うよ」

「じゃあ、野菜を切ってくれ」

包丁を渡されて、おっかなびっくり、野菜を切っていく。

「ああ、そうじゃない。昨日やってみせただろう？　手はこうするんだ」

そう言って僕の左手を丸めさせると、右手の上に自分の手を重ね、そのギリギリに包丁をトントンと動かしていく。ちょっと怖い。

「ゆっくりでいい、やってみろ。なんでも反復練習だ」

「うん」

僕は出来るだけゆっくり、叔父さんが教えてくれたように切れるように頑張った。

叔父さんはかたわらで、昨日のスープの残りに野菜を加えて煮ていた。

「よし、そんなもんでいいだろう。炒めるから貸してくれ」

「うん」

叔父さんは僕の切った野菜とたくさんのお肉で、肉野菜炒めを作ってくれた。

今日の昼ご飯は、パンと、野菜スープと、肉野菜炒めだ。

「卵は買ってきてるの？」

僕はご飯を食べながら叔父さんに聞いた。

「いや、交換でご近所さんから分けてもらってる。近所と言ってもだいぶ遠いがな」

確かに、叔父さんの家の近くには、他の家は影も形もないよね。叔父さんの土地は結構広いからなあ。どこにいるんだろうね？　ご近所さんって。僕は挨拶しなくていいのかな？

ちなみに平民同士の取り引きは、基本は物々交換なんだって。平民は現金をあまり持っていないことが多いから、お互いお金以外の物でやり取りするのが普通らしい。

それでも露天商をやったり、狩った物や育てた物を買い取ってもらったりして、たまに現金を手に入れる物なんだって。

「何と交換するの？」

「今日は一角ウサギの肉だ。魔物は仕掛け罠にかからないからな。壊して逃げちまうから退治しないと狩れない」

「……魔物が出るの？」

「お前のところは王都に近いから、大した奴が出ないだろうが、このあたりはそれなりにいるぞ。昼間っから出るのは弱い奴だから安心しろ。夜は護衛がいないと出られないぞ」

ちなみに今お前が食べているのが、その一角ウサギの肉だ、と教えてくれた。

「えっ、魔物ってこんなに美味しいの？」

たくさん使ってくれたけど、育ち盛りの僕としては量が少ないから、もっと食べたいとすら思っていたんだ。我が家じゃ一度も出てきたことのないお肉だとは思っていたけど、まさか魔物の肉だとは。

「もとは動物が瘴気に当てられて変化した物だというからな。だいたいうまいぞ。なんだ、気に入ったか」

「うん」

「なら、一角ウサギくらいは狩れるようにならないとな。貴族は一部の奴らしか食べないが、平民は魔物を食べることが多いんだ」

リアムにも食べさせてやりたいなあ。

僕はリアムの喜ぶ顔を想像した。

「ああ、そうだ。町に行ったら、ついでに冒険者ギルドでこれを売ってきてくれ」

叔父さんはそう言って袋を差し出す。

「——何？」

「一角ウサギの角だ。討伐依頼があれば納品対象にもなるし、薬のもとになるから売れるんだ」

「分かったよ」

「昼ご飯を食べ終わったら、馬車で町に連れて行ってやる。お前は商売を始めるんだろ？　俺はまだ用事があるから、夕方また迎えに行くぞ」

叔父さんは言葉の通り、ご飯を食べたら、馬車で町に連れて行ってくれた。

叔父さんはすぐに帰るとのことだったので、町の外で僕だけ魚を入れるタライを持って馬車から降りた。

「じゃあな、頑張れよ」

ハイ・ヨー、と言って、叔父さんは馬車を走らせて行ってしまった。

僕はまず、冒険者ギルドで一角ウサギの角の買い取りを済ませることにした。

残念ながら納品依頼が出ていなかったので、普通に買い取ってもらうだけになりそう。

買い取りカウンターに並ぶと、1つにつき、小金貨1枚、全部で中金貨1枚と小金貨2枚を渡された。僕は財布を出してお金をしまう。

「新人さんなのに凄いわね。普通ならパーティーを組んでも、3、4体がいいとこなのに」

結構素早くて強い一角ウサギは、冒険者じゃない狩人でも狩ることの出来る魔物だけど、新人冒険者には手強い相手なのだそうだ。

僕が狩ったわけじゃ……と言おうとしたんだけど、後ろから、オイ、早くしろよ、と追い立てられて、すぐに列からどいた。

冒険者ギルドを出る時、妙にニヤニヤした顔つきの男たちと目が合った。

なんだろう、嫌な感じだな……。

僕は無視して外に出た。

屋根付き露天商の場所に行くと、今日も隣の焼串屋のおかみさんは暇そうだった。

その様子を見て、僕はおかみさんに、店の協力をお願いしてみることにした。

「あの、今日からお隣なんです。よろしくお願いします」

「ああ……。よろしくね」

「それで、いきなりなんですけど、これから僕の店、忙しくなると思うんです」

「はい?」

これから始める、右も左も分からないような子どもから、店が忙しくなると言われて、女将さんは片眉を上げた。僕の言葉に少しイラついた様子だ。

「それでその……、僕の店のお客さんに提供したいサービスを、おかみさんの店ならすることが出来るんです。だから物々交換しませんか？　おかみさんの力を、僕に貸してください」

「……物々交換……？　あたしに何しろってんだい？」

訝しげにそう言うおかみさんに、僕は頼み事を1つした。

僕は首からメダルを下げると、屋根付き露天商の店にかけられていた布をはずして、タライを置いた。それから市場の商人なら誰でも使える井戸から水をくみ、タライに水をはる。

そしてスキルで魚を直接、タライの中に出してやることにしたんだ。

「――ロアーズ魚、アローア魚、エノー！」

僕がそう発すると同時に、眩しい光の奔流に包まれて扉が現れる。そして扉が勝手に開き、きらめく銀色の魚たちが、僕の頭上を、真横を、足元を、優雅に素早く泳いでいく。

魚たちが次々に水をはったタライの中へと飛び込んでいく様子を、隣でおかみさんが驚いた表情を浮かべて、ポカンと口を開けながら見ていた。

端っこだからあんまり人がいないけど、通りかかったお客さんたちもビックリしている。

……うん、ちょっと派手だよね、僕のスキル。でも、目立っていい宣伝になったかも？

「す、凄いね……。それがあんたのスキルなのかい？」

「はい。そうなんです！」

僕はそれから大声を張り上げる。

「さあ！　安いよ、安いよ！　ロアーズ魚1匹、銀貨1枚！　アローア魚1匹、銅貨6枚！　エノー1匹、銅貨2枚だよ！」

僕の声に少しずつ人が集まってくる。

「エノー1匹、銅貨2枚ってのは本当か？」

「今が旬じゃねえから安いのか？」

「いくらなんでも安過ぎるだろ。死にかけてるとか、腐ってんじゃねえのか？」

「いや、見ろよ、元気に泳いでやがるぞ？」

「本当だ……」

みんなこわごわと、遠巻きにタライの中を覗き込んでいて、あまり近付いてくれない。

あまりの安さに疑われちゃったかな？

第五話　スキルの変化

「僕はアイテムボックス持ちなんです。だから新鮮なまま、たくさん運べるんですよ！　別途銅貨3枚で、お隣でその場で焼いて食べることも出来ます。塩味ですよ！」

これがさっき僕がおかみさんにした頼み事だった。おかみさんに塩が入った小瓶を渡すことで、ひと月の間、魚を焼きたいお客さんがいたらお願いしますと言っていたのだ。

それに加えて、燃料代は別料金を払うつもりだ。ちなみに肉の焼串は既に焼いたのを持ってきていて、熱を加えて温めるだけだから、すぐに食べたい人には肉の焼串のほうを売れば、自分のところの品もさばけるしいいことづくめだ。

「……銅貨5枚だって!?」

「お、俺、買ってみようかな……」

「エノーを1匹くれ」

「おい、こっちもだ！」

エノーが次々に売れていく。お隣のおかみさんも、一度にたくさんの魚を持ち込まれててんてこ舞いだ。

「ちょ、ちょっと待っておくれよ、順番に焼いてるからさ」

「おい、それは俺が金を払ったエノーだぞ！　勝手に取るな！」

大混乱になってしまったので、おかみさんに１０匹ずつエノーを買い取ってもらい、それを焼いた物を、銅貨５枚で売ってもらうことにした。うひゃあ、想像以上に繁盛してるよ。

「う、うめえ……。新鮮だとこんなに美味い魚だったのか、エノーって」

みんな美味しそうに笑顔でエノーを頬張っている。僕の魚が美味しいと分かって、他の魚もどんどん売れだして、あっという間にすべての魚がさばけてしまった。

お、追いつかないぃ～～!!

目が回りそうだよ。毎日これくらい人が来るなら、ちょっとお手伝いさんが欲しいよね。

「今日はもう店じまいです！　明日またお願いします！」

ええー、という声が聞こえる。

毎日魚を食べる習慣がないっていうし、１日にたくさん売り過ぎて、明日来てもらえなくなっても困るからね。お客さんたちがゾロゾロと帰っていき、ようやくひとごこちついた頃、おかみさんが興奮したような顔で僕を見る。

「あんた、凄いね！　おかげでメチャクチャ儲かっちまったよ！　……さらに塩までって……、ほんとにいいのかい？」

「はい、明日も来るのでお願いします」

「ああ、もちろんさ！　明日は畑仕事に出してるうちの娘も連れてくるよ！　こっちのほうが儲かるからね！」

おかみさんはホクホク顔で店じまいをし、明日も頼んだよー！　と声を張り上げて去って行った。

僕も屋根付き店舗を片付け始める。魚を入れていたタライを井戸で水洗いして重ねて持つと、町の入口で叔父さんを待つことにした。

重ねるとかなり重たい物だから、本当はこのまま置いて帰りたかったんだけど、置いておくと盗まれることがあるからやめときな、とおかみさんが教えてくれたのだ。

僕のスキルがほんとのアイテムボックス持ちなら、しまって帰れるのになあ。

しまえるはずのタライを持ち運ぶ僕のことを、おかみさんは特に気にしていないようだった。アイテムボックス持ちの人を見たことないのかな。


そんなことを考えながら入口に向かって市場を歩いていた時だった。目の前を突然、３人組の人相の悪い男たちに塞がれて、そのまま腕を引っ張られて路地裏に引きずり込まれる。

僕の持っていたタライが、派手な音を立てて地面に転がっていった。

「よう、ずいぶん派手に儲けたみたいじゃねえか。俺たちにもちょっと分けてくれよ」

さっき冒険者ギルドでチラッと見かけた、嫌な目付きの冒険者たちだ！

ここまでつけてきたのか！

きっと会った時から目を付けられていたんだろうけど、僕が露天商で稼いでいたから、売り上げが集まるのを待ってたんだと思う。

振りほどこうとしたけど、ビクともしなかった。

クソッ……！　叔父さんがいない時に！

「大人しく金を出したほうが身のためだぜ」

「そうそう、怪我したくなけりゃあな」

「明日も商売するんだってな？　これから毎日金をよこしな」

「……嫌だ!!」

こんな卑怯な奴らに、大人しく従ってたまるもんか!!

「身のほどを分かっていねえようだな……」

「軽く痛めつけておくか」

——殴られる!!

「あんたら、何してんの？」

その時だった。路地の入口から、こちらを見ていた可愛らしい女の子と目が合った。

耳の下くらいまでの長さの赤い髪、少しつり上がった青い目。かなりぺったんこの胸元。

冒険者なのかな？

革の鎧を身に着けていたせいで、押し潰されて余計に胸元の平たさが強調されている。腰には革のホルダーにしまわれた双剣を提げていた。

「ああん？　なんだっていいだろうが」

「怪我したくなけりゃ、あっち行きな」

「待てよ、こいつ結構可愛いぞ？」

男たちの興味が、その女の子に移る。

駄目だ！　この子に怪我をさせちゃうよ！

「僕はいいから、早く逃げて!!」

だけど僕の心配をよそに、女の子はニヤリと不敵に微笑んだのだった。

「やめとけ、やめとけ、そんな男か女か分からん体の奴なんて。女はこう……、でっかくなきゃあなぁ!?」

違いねえ!!　と、男たちが下卑た声でゲラゲラと笑った。

男たちの言葉を聞いて女の子が静かに肩を震わせる。

目線を落として表情がよく見えないけど、奥歯を噛み締めていて――なんか怒ってるみたい？

そして、目の前で静かに双剣を抜いた。

「言っちゃいけないことを言ったわね……。あんたたち、もう終わりよ」

「あん？　どうするって……、」

「双剣乱舞、――百《ひゃっ》花《か》繚《りょう》乱《らん》の舞《まい》」

そう言って、女の子が抜いた双剣を持って胸の前で交差した次の瞬間。

３人組の男たちは、バタバタとその場に倒れて気を失ったのだった。一瞬何かが光ったようにしか、僕には分からなかった。

「ふん、口ほどにもないわね」

女の子は双剣を革のホルダーに入れた。

「……ありがとうございます。助かりました」

「弱い癖にいきがらないの。こんな奴らを刺激したって、痛い目見るだけなんだから！」

「ご、ごめんなさい」

「明日も来るって言ってたし、狙われるんじゃないの？　護衛を雇ったほうがいいんじゃない？」

「そ、そうだ、明日……」

今日だけで終わらなさそうだし、なんなら嫌がらせに商売を邪魔してくるかもしれない。

僕は考えなしだったことを反省した。

「こいつらを冒険者ギルドに引き渡さないといけないし、護衛の依頼を出しに行くなら付き合うわよ？　――とりあえず、こいつらを冒険者ギルドまで運びましょ」

「え？　で、でも、大人が３人だし、人を呼んで来たほうが早いんじゃ……」

「３人くらい、大したことないわよ」

そう言うと、女の子はヒョイッと１人を首に引っ掛ける感じに肩にかついで、他の２人を荷物でも持つように小脇にそれぞれ抱えて持ち上げた。

「――さ、行きましょ」

そう言って、どうってことなさそうに僕を見る。

す、凄い怪力だな……。

「ちょ、ちょっと待ってて、タライを落としちゃったから……」

僕は急いで転がったタライをすべて拾い集めると、女の子と一緒に冒険者ギルドへと向かった。

冒険者ギルドに到着して顛末《てんまつ》を報告すると、ギルド職員さんは、またこいつらか！　と眉間にシワを寄せながら言った。

「何回も苦情が上がってたんだ。もう、冒険者登録は取り消しだな」

うわあ……。でも自業自得か……。

だけど、登録が消されるだけで牢屋に入るようなことはないらしい。そのまま彼らが気が付いたら、冒険者ギルドから放り出されるだけだそうだ。なぜなら王宮にしか牢屋がないから。だとしたら、やっぱり明日が危険なことに、変わりないよね。

冒険者をやる人は他の商売につけない人が多いと、昔父さまから聞いたことがあった。

もちろん叔父さんみたいに好きで冒険者を続けているような人もいるけど。

一時期は、盗賊をやるか冒険者をやるかの違いだけと言われてた時期もあって、あまり世間の冒険者の印象ってよくないみたいだ。

それなのに、冒険者をやれなくなったら、この人たちどうするんだろうな？

他人ながら心配だよ……。

「それで？　護衛依頼を出すんでしょ？」

女の子に言われて、あっ、と思って、受付で護衛依頼について話を聞いてみた。

「護衛はいくらの荷物がどの程度あるのか、対象に人は含まれるのか、距離はどこからどこまでか、によって料金が違います。必要な冒険者ランクが、それにより変わるものなので」

その説明を聞いて、僕は頭の中で条件を思い浮かべる。期間はひと月、場所は市場の中だけ、守るのは僕と僕の店、商品の価格は魚だからええと……。

ひと通り説明して、さっき冒険者ギルドに突き出した彼らから守ってほしいのだと付け加える。

「彼ら程度でしたら、Dランクもあれば1人でじゅうぶんかと思いますが、それでもひと月となると、それなりのお値段ですよ？　ひと月で中金貨4枚です」

期間で雇うことになるから、お店がお休みだとしても関係がないのだそうだ。

お店がなくてもお金を払うのかあ……。

「僕のお店は午後からですし、3時間もいてもらえればじゅうぶんです」

さっきは2時間もかからなかったし、行きと帰りは叔父さんと一緒だしね。

「それですと、3時間で銀貨5枚ですね。ただ、魔物を狩るよりもかなり安いですから、引き受けてくれる人がいるかどうか。朝のうちに他のクエストをこなして、午後から護衛をしてくれるという冒険者が現れるのを、気長に待つしかありません」

普通は丸一日とか、数日とかで、かなりのお金が動くから依頼を受ける人が集まるものなのだそう。明日も来ることを考えると、ケチケチすべきじゃないかなあ……。

だけど丸一日だと、ひと月で中金貨4枚だよ？　いくら魚の元手がタダとはいえ、痛い出費だなあ……。あいつらに売り上げをまるまる取られるかもって考えたら……。でも……。

僕は腕組みをしてウンウンと唸った。

「とりあえず出してみればいいじゃない、それで駄目だったら、また考えれば？」

女の子に後ろからそう言われて、とりあえず1日3時間で期間はひと月の形で依頼を出してみることにしてみた。

先に冒険者ギルドにお金を払うものだそうなので、ひと月分の、中金貨1枚と、小金貨5枚、それと冒険者ギルドへの手数料で別途小金貨5枚と銀貨5枚を支払った。

受付嬢が護衛依頼のクエストを書いた紙を押しピンで壁に貼り付けてくれる。

この内容でもやってくれる人が、なんとか見つかればいいけど……。

そう思っていたら、女の子が壁に近寄り、貼ったばかりの護衛依頼のクエストの紙をペリッと引っ剥がして、僕の前に突き付けて笑った。

「——この依頼、引き受けるわ。私はCランク冒険者のヒルデ・ガルドよ。よろしくね」

女の子の言葉を聞いた受付嬢のお姉さんが驚く。

「ヒルデさんはもうすぐ、Bランクへの昇格試験を予定されているじゃないですか。確かにランクは足りてますけど、こんな安い仕事、いいんですか？」

Cランクだけど、実力はほぼBランクってことなのかな？

僕と同い年くらいに見えるのに、もうCランクまで上がっているなんて凄いなあ。

確かに凄く強かったし、あんなに力持ちなのに、武器が鈍器や大剣じゃないっていうのも、剣の腕に自信があるからなんだろうな。

「いいのよ。いつも朝のうちにクエストが終わっても、帰って来てから残ってるクエストにCランクが受けられるものが、あんまりないんだもの。だったら毎日確認しにくるより、この子の依頼を受けたほうが気持ちが楽だし」

別に下位ランクのクエストを受けても問題ないのだけど、そうすると下位ランクの人の仕事がなくなっちゃうから、暗黙の了解で受けないことになっているのだそうだ。

まとめて何個も受けられるのなら、こんな依頼そもそも受けないけどね、とヒルデと名乗る少女が付け加えた。どうやらクエストっていうのは、完了するごとに新しいものが受けられるみたいだ。例外もあるけど、冒険者でしか食べていけない人たちがいるから、出来るだけたくさんの人にクエストが回るように、冒険者ギルド側で気を配っているんだって。

確かに、独り占めする人がいたり、クエストの取り合いになって揉めたりしたら困るよね。

僕も冒険者しか出来なかったとしたら、受けられるクエストがなかったら困っちゃうよ。

僕の依頼は受ける人が少ないだろうからってことで、他の冒険者と競合することもなく、ヒルデが他のクエストを受けられなくなるってことはないみたいだ。

それにしてもこんなに早く受けてくれる人が見つかるなんてラッキー……だったのかな？

女の子に守られるのは正直情けない気もするけど、背に腹は代えられない。

それに、受付嬢のお姉さんはDランクでじゅうぶんだって言ってたけど、万が一市場で暴れられることを考えたら、さっき一瞬で彼らを倒した実力のあるヒルデに守ってもらえるのは心強い。

他のお店にも迷惑かけらんないしなあ。

「僕はアレックス。よろしくヒルデ」

僕が笑顔で手を差し出して挨拶すると、ヒルデもニッコリと微笑んでその手を握り返してくれた。……剣士をやっているにしては手が柔らかい。

明日の時間をヒルデに告げると、僕はタライを抱えて町の入口まで急いだ。だいぶ予定外に手間取っちゃったし、叔父さん待ってるかもしれないな。

そう思って、少しでも早足で歩こうとしているんだけど、なにせ人が多いから、そうもいかない。重ねたタライが邪魔でちょっと前も見にくいしな。

なんとか町の外に出ると、叔父さんは既に馬車の御者席で待っててくれた。僕に気が付くと、タライを僕から預かって、荷台にヒョイッと載せてくれる。

僕がまだ子どもだから軽々持てないんだと思ってたけど、ヒルデの怪力のこともあるし、叔父さんたちが経験を積んだ冒険者だからなのかもなあ。

だとしたら、僕は一生あんな風にタライを持つことは出来ないかもしれないな。

ああ、アイテムボックスが欲しいよ……。

僕は重たいタライを毎日運ぶことを考えてため息をついた。まあでも、ないものをいつまでも考えても仕方がないよね！　僕が力をつければいいだけだ。

それに、僕のスキルは何もないところから物を出すことが出来る分、こっちのほうが凄い。

僕が明日の商売のことを考えてウキウキしていると、叔父さんは帰りの道中、今日の商売はどうだった？　と聞いてきた。

商売は大繁盛だったこと、だけどその稼ぎに目を付けられて悪い冒険者に狙われたこと、護衛を雇おうと決めたことなどを、素直に話した。

「ふむ。まずまずだったようだな」

叔父さんが笑顔でそう言ってくれる。

今日の夕ご飯は、叔父さんの希望でエノーの塩焼きと、パンと野菜スープを食べた。

◇◆◇◆◇

次の日、草むしりを手伝ったあとで、昨日に引き続き叔父さんに町まで送ってもらった。

お店の準備をしていると、隣のおかみさんが笑顔でこちらに手を振りながらやってくる。

隣には昨日おかみさんが言ってた通り、助っ人として、日頃は畑仕事に出ているという娘さんも一緒だった。

娘さんは物静かな感じの人で、淡い茶色の髪を後ろで1つにくくっていて、顔にソバカスのある女性だった。僕よりもだいぶお姉さんかもしれないな。

おかみさんは今までは朝から市場に来ていたらしい。

でも、僕の手伝いのほうが稼げるということと、娘さんをこちらに連れて来るので、朝の内に2人で畑仕事を済ませて、この時間から来ることにしたのだそうだ。

「今日も頼んだよ！　がっちり稼ごうじゃないか」

「こちらこそ、人手を増やしていただけて助かります。よろしくお願いしますね」

「ラナの娘のポーリンです。はじめまして」

感じのいい娘さんが、両手をお腹の前で揃えて、にこやかに挨拶してくれる。

おかみさん——ラナおばさんは、タライに水をはるのを手伝うよ、と申し出てくれた。

「その大きさじゃあ、だいぶ重たいだろうからね。娘と2人で運ぶよ」

ありがたくお礼を言って、ラナおばさん、ポーリンさんの3人で、タライに水をはっていると、

「ああ。ちょうど準備中ね」

ヒルデがやって来て、僕らを後ろから見下ろしていた。

「何？　これを運ぶの？」

そう言って、ヒルデはなみなみと水がはられたタライをヒョイと両手で2つ持ち上げる。

「店まで運べばいいの？」

事もなげに言うヒルデのあまりの怪力を初めて目の当たりにした、ラナおばさんとポーリンさんは、あんぐりと口を開けていた。言葉も出ないようだ。

なんせ、ラナおばさんとポーリンさんは、2人で1つのタライを運ぼうとしてたからね。

男の僕でも、1つがやっとだし、かなり重たくて、えっちらおっちら運ぶんだもの。

「うん。運んでくれるの？　ありがとう。じゃあ、店の奥までお願いしようかな」

「りょーかい」

ラナおばさんとポーリンさんには、タライに水をはる役目を頼んで、僕とヒルデでタライを店まで運んだ。おかげであっという間に終わって、僕は店の準備を始めた。

スキルで魚を直接タライに出していく。

「何度見ても凄いねえ、あんたのアイテムボックスは」

ラナおばさんが、楽しい物を見た、とでも言うような笑顔でこちらを見ている。

「確かに、ここまでの大きさの物は初めて見たわね」

ヒルデも感心している。Cランク冒険者のヒルデが言うくらいだから、アイテムボックスだと誤魔化しきれそうだ。アイテムボックスと僕のスキルってやっぱり似てるのかな？

「ほら。うちの肉の焼串だよ。食べてみとくれ。こんな場所でも常連さんがいて、それなりに売り上げがある理由が分かるだろうさ」

ラナおばさんがそう言って、開店前に焼いた肉の焼串を僕とヒルデに1本ずつくれた。

僕たちはお礼を言って頰張る。

「――!!　美味しい！」

「柔らかい……、なんなの、これ……」

塩を加えていることももちろんだけど、最初に市場の露天商で買った肉の焼串とは、比べものにならないくらい、お肉が柔らかい。

ラナおばさんは、ふふふ、と笑って、

「そうだろう、ただ四角く切って焼くだけじゃあ、肉は美味しくならないのさ。筋を切って、叩いて、手間暇かけてるんだよ」

自信満々に言った。

「お肉そのものを柔らかくさせるものにも、毎晩漬けてあるんですよ。母さんは料理が得意なんです」

ポーリンさんが続けて誇らしげに言う。

「確かに、これは凄いわ……。1本銅貨3枚だなんて思えない……」

ヒルデは夢中で食べると、自分でお金を払って、追加で3本購入していた。

本当はまだ開店前だけど、ラナおばさんは嬉しかったらしく、喜んでヒルデに追加の肉の焼串を焼いてくれた。

キャベンディッシュ家で出るお肉ほどは、いい物を使ってないはずなのに、歯ごたえを残した柔らかさって点においては、そこまで負けてないいんじゃないかな？

「ほんとに美味しいや……」

つぶやくようにそう言うと、ラナおばさんはニカッと笑った。

お客さんも集まりだしたので、僕も開店準備を急ぐことにした。隣でラナおばさんたちも、端っこで肉の焼串を5本、残りはエノーを焼く場所にしようと話してる。

昨日の教訓をいかして、ラナおばさんは先に僕から100匹のエノーを買い取って、台の上で塩を振りかけて焼き始めた。

貴重な塩を少しでも無駄にしないように、平たくて四角い木の枠がついた桶のような物——バットって言うらしい——を台の上に置いている。そこに細い木をいくつも交差したような網と呼ばれる道具を載せて、その上でエノーに塩を振ってる。どうしても塩は下に落ちるし、落ちた時にエノーに付き過ぎることもあるし、エノーから出た水分で、塩が回収出来なくなるのを防ぐために網を使っているんだって。頭《あ》ったまいいなあ。

貴族だった頃は調理しているところは知らないし、出来上がった料理だけ見ていたから、この光景は新鮮だ。

昨日も100匹くらい売れたし、僕から仕入れたとしても、差額で小金貨3枚の儲けだ。

肉の焼串もちゃんと持って来ている。

ここは場所が端っこで、あまり人が来ないから、今までひと月の稼ぎが中金貨1枚と小金貨2枚いけばいいほうだったらしくて、僕のおかげで大儲けだと喜んでくれている。

場所次第で売れゆきも変わるけど、いい場所は前からいる露天商がずっと確保してて取ることが出来ないらしい。

こんな場所でも借賃は10日で小金貨1枚だから、肉の焼串が33本売れてようやくトントンてところだ。ラナおばさんの店は、多くて月に400本の売上だから、場所代を含めた元手を引いたら、半分くらい手元に残る計算なのかな？

儲けなんて微々たる物だと思うけど、それでも現金が手に入るかどうかは、自給自足の人たちからすると大きなことなんだそう。

僕が自分の店の分の魚を、タライに直接出していた時だった。

頭の中にまた、**【スキルがレベルアップしました】**、という文字が浮かんだ。

やった、レベルアップだ！

【《スキルレベル3・時空の海》を覚えました】という説明と続けて、**【新しい能力の解放おめでと**

うございます】という文字が表示される。

——時空の海って、なんだろう？

海は塩水がある場所のはずだ。だから塩が採れたし、海の魚も出すことが出来た。だけど時空の海からは何が取り出せるんだろう？

時空が何を示すのか分かんない。海と時空。その2つがつながるイメージが湧かない。気になったけど開店前で時間がないし、あとで確認するしかないか。

僕は急いで魚を並べて、ヒルデに僕の後ろから見張っていてもらうことにした。

さあ、今日も頑張るぞ‼

張り切って魚を売ってたら、昨日の3人組が、路地裏から顔を出して、こっちの様子を窺っているのが見えた。そしてヒルデの存在に気が付いて、悔しそうに僕のことを睨んでくる。

怖っ‼　……ヒルデを雇っておいてよかったあ……。

冒険者登録証を抹消されたことで、彼らから逆恨みでもされてなきゃいいけど。それにしても懲りないなあ。まともに冒険者を続ければよかったのに、あんなことするからだよ。

今日の分も全部さばけたので、みんなで一緒にタライを洗って、店を片付けて帰ろうとする。その時ヒルデがまだ時間があるから、町の入口まで送ってあげるわ、と言ってくれた。

「ありがとう、叔父さんが待っててくれてるから、入口まででいいよ」

ヒルデは頷いて、半分持つわよ、と、タライを持ってくれる。

それから2人で並んで歩きながら、少しおしゃべりをした。今日は午前中のうちに、1人でCランクの依頼を受けてサイクロプスを狩ってたらしい。サイクロプスは1つ目の巨人だそうだ。普通はパーティーを組んで戦うものじゃないの？　と思ったけど1人で倒せる人がめったにいないからパーティーを組むのを推奨してるだけで、別に強制ではないらしい。

Bランク昇格試験を受けるというのも、納得の実力だ。1人で自分と同ランクの魔物を狩れるってことは、実力的にはもうBランクなんだろう。

その時、市場に強い風が吹いて、ヒルデのフレアスカートをバッとまくり上げる。

あっ……、白……。

両手でタライを抱えていたヒルデは、フレアスカートを押さえることが出来ずに、僕はバッチリその光景を見てしまった。

真っ赤になって震えるヒルデ。

「ご、ごめん……」

「最っ低!!」

思わず見てしまったことを謝る僕に、ヒルデは恥ずかしかったのを誤魔化したかったのか、両手に持っていたタライを放り出して平手打ちしてきた。

——バチン！

吹っ飛ばない程度には、手加減してくれたんだろうけど、痛《い》ったああ!!　不可抗力だよう……。

うう……。ラッキーだったけど……。

落ちて転がったタライを僕とヒルデで拾ったあと、無事に町の入口まで送り届けてもらう。

昨日よりも早かったのに、叔父さんは既に僕を迎えに来てくれていた。その時、叔父さんの姿を見たヒルデが驚いて目を丸くする。

「――あんたの叔父さんって、Sランク冒険者のセオドアさまだったの⁉」

「叔父さんのこと、知ってるの？」

ヒルデが前のめりに僕に迫りつつ、そう聞いてくる。僕はヒルデの勢いにおされて、ちょっとのけぞりながら尋ね返した。

ち、近いよ！　ヒルデって、自分がかなり可愛いって自覚がないのかな？　この距離感で来られると、ちょっとドキドキしちゃう。こっちの気持ちも分かってほしいよ。ああ、びっくりした。

「私に限らず冒険者ならみんな知ってるわ。Sランク冒険者は少ないし、このあたりのSランクなんて、セオドアさまだけだもの」

へー。凄いんだなあ……。

「へー。凄いんだなあ……、ってあまりピンときていない顔ね」

ヒルデが僕をちらりと見て言う。

「あんたがセオドアさまの身内なら、わざわざ護衛を雇わなくとも、一緒にいるところを見せれば済む話だったんじゃないの」

「そうなの？」

「そうよ！　セオドアさまに勝てる冒険者なんて、このあたりにはいないんだから！」

「そっか……。でも叔父さんも忙しいし、こうして毎日送り迎えしてもらうってだけでも、迷惑かけてるから。僕自身で解決したかったし、ヒルデは強いから、頼んでよかったと思ってるよ」

僕がニッコリと笑ってそう言うと、

「そ、そう……。ま、まあ、あんたがそれでいいなら、別にいいけど……」

ちょっと照れたような表情を浮かべてそっぽを向いた。

おっかないとこもあるけど、やっぱり可愛い女の子だな。

僕は帰る前に、叔父さんにヒルデを紹介した。昨日のうちに、護衛を雇ったことは伝えてあったから、それがヒルデなんだってことを話さなくても、すぐに分かったみたいだ。

「――双剣使いか」

ヒルデが腰にぶら提げている、革のホルダーに入った剣をちらりと見て言う。

ヒルデがビクッとした。

「そうか。その若さで、もうBランク昇格試験に挑もうとしてると聞いてる。なかなか出来ることじゃない。あんたのスキルを聞いてもいいか？」

僕が昨日の夕ご飯時にヒルデについて話したことを覚えていたようで、叔父さんがヒルデに話しかける。

「……片手剣使いです」

ヒルデは、それがまるで恥ずかしいことかのように、うつむいてそう言った。

双剣使いじゃないのに、双剣を使ってるからなのかな？　確かにスキルになくても、剣は練習すれば、ある程度は使えるものだけど、普通はしないよね。

火魔法使いのスキルをもらったのに、水魔法を使おうとしてるようなものだもん。習得率もスキルを持たない人と比べて段違いだ。

「そうか。だから双剣を使っているんだな。俺の噂を聞いたのか。確かに、俺も最初にもらったのは片手剣使いだったよ」

それと、叔父さんになんの関係が？

「だが、スキルはまれに変化する。自身のレベルが上がるように、スキルのレベルが上がることがあるんだ。俺の次にそうなるのは、あんたなのかもしれないな」

それを聞いたヒルデは、すぐにパアァァアッと表情を明るくした。

「……！　はい……!!」

ヒルデは叔父さんに憧れてたんだな。Sランク冒険者だもんね。みんなの目標なんだろうな。おまけにお互い近接職だから、双剣使いのヒルデからしたらなおのことなんだろう。

「叔父さん片手剣使いだったのかー」

「――馬鹿ね！　あんたの叔父さんのスキルは剣聖よ!!」

ヒルデが呆れたようにそう言った。

剣聖!?　もらった瞬間、次世代の近衛騎士団長確定とすら言われる、あの剣聖!?

大剣、長剣、短剣、双剣、すべての剣に通じる、剣士に特化した特殊なスキルだ。

Sランクともなると、冒険者でも凄いスキルを持ってるんだなあ……。

最初から剣聖を持っていたなら、叔父さんも冒険者になってなかったかもしれないな。

キャベンディッシュ家ならまったく必要とされないけど、代々優秀な剣士を輩出しているグリフィス家なら、間違いなく長男を押しのけて跡継ぎになってたよ。

明日もまたよろしくね、と挨拶をしてヒルデと別れた。そして、叔父さんに一角ウサギの角を売却した代金を、馬車の上で手渡しつつ、ヒルデと話していた噂がなんなのか聞いてみることにした。

「——ところでさ、ヒルデに言っていた、叔父さんの噂ってなんなの？」

父さまからは何も聞いたことがない。

「ああ。そのことか……。俺は片手剣使いのスキルをもらいはしたが、当時何もないまま放り出されて、金がなくてな」

「……僕は叔父さんに助けてもらえたけど、叔父さんには、手を差し伸べてくれる人が、いなかったんだね」

「まあ、そうだな。父は魔法スキル持ち以外には金をかけない人だったからな。まあそれがキャベンディッシュ家の家訓だから、それに忠実な貴族だったということだが」

まあ、そうだろうね。僕も剣を習いたかったけど、やらせてもらえなかったもの。その代わり魔法に関する勉強はたくさんしたけど。

必要なことにしか貴族はお金を使わない。何が必要なものなのかは、その家によって異なるし、キャベンディッシュ家は、魔法に関することを最優先にしていたというだけだ。

他の家に生まれてたら、叔父さんも僕も貴族の子どもたちが通う学園くらいは、行かせてもらえてたと思うけど、キャベンディッシュ家からすると無駄なお金なんだよね。

だから、魔法スキルがなくて放逐される子どもに支払うお金が最小限になるのも当然だ。これは代々の決まりごとで、貴族は伝統を自分の代で変えることが難しい生き物なんだ。

ちなみに父さまが僕を叔父さんのところに送ったことは、本来ならかなり例外中の例外なんだよね。たぶん僕の放逐が予定外で、なんの準備も出来なかったから。

「……ただまあ、お前の父親が家を継いでから、年に一回、俺を指名したクエストが入るようになったが」

「そうなの？　あの旅行の時も？」

「ああ、そうだ。本来なら、まだ父も健在だったし、継ぐには早い年齢だったが、……相当頑張ったんだと思うよ」

叔父さんは目を細めて目線を落とした。

そっか……。父さま、叔父さんのことが心配だったんだな。

滅多に手紙のやり取りも出来ないから、代わりにそうすることで、叔父さんが元気か確認してたのかもしれないね。

僕がリアムをなんとかしてやりたいと思ったみたいに、父さまも叔父さんのこと、助けてあげたくて頑張ったのかなあ。

◇◆◇◆◇

セオドア・ラウマン。キャベンディッシュ侯爵家の次男だった俺が、国の法律にのっとり家を放逐されたあとで、貴族籍を抜けてから新しくつけた名前だ。

生まれた時から平民になることが決まっていて、それに合わせた教育も施されていたため、多少は市井《しせい》における知識は持ち合わせていたものの、やはり最初は大変だった。

貴族というものは、とにかく常識がない。平民として暮らすための、という意味だが、護衛がいる状態で生活することに慣れているからか、危機管理能力が低い。

まず簡単なことで言うと、他人のいる前で財布を取り出す危険性に、気が付くことが出来ない。奪えそうな相手から奪おうとする人間がいるという発想がないからだ。

こういうのはだんだんと、肌感覚で学んでいくしかないんだが、狙う立場の人間からすれば、そういう無防備な子どもというのは、すぐに分かるんだろうな。

貴族の家から婚約を打診されなかった家の子どもたちは、どこかしらに就職するか、冒険者の道を選ぶ。まれに商人になる子もいるが、それは親の仕事を継いだ場合だ。

1番いいのは、貴族用の学園に通って王宮勤めをすることなんだが、我がキャベンディッシュ侯爵家の家訓は、不要な物には金をかけない。その分必要な物には惜しまず使え、だ。

キャベンディッシュ侯爵家にとって不要な物というのは、魔法以外のすべて。優秀な魔法使いを輩出してきた我が家では、魔法に関することにだけたくさんの金を使う。

そんな中、俺の授かったスキルは片手剣使いだった。

当然家訓を重んじる当主さまである父は、剣術科のある貴族用の学園に、俺を入れてはくれなかった。貴族用の学園に通えないとなると、必要な知識や経験が得られず、王宮やそれに近しいところへの就職はほぼ不可能と言っていい。

子どもを就職させられるような商売もやってはいない。当然俺の選択肢は冒険者のみとなった。

服も親からの貸与品であると法に定められていたため、持ち出せた物はわずか。

それにもかかわらず、俺は悪い奴らからするといいカモに見えたのだろう。冒険者になって早々に襲われた。何も持っていないと本当のことを言ったところで通じなかった。

俺はダンジョンの奥へと逃げ込んだ。

逃げ足にだけは自信があった。息を出来るだけ整え、呼吸音で気付かれないように息を殺しながら、奴らが諦めるのを待った。

ダンジョンの中で人を殺しても、ダンジョンが吸収するから死体が残らない。

だからこうして冒険者が新人を狩ることが、よくあるのだと言う。

俺の武器は安い片手剣1つ。手持ちの金で買えたのはそれだけだ。盾もない。

万が一見つかったら、剣士の訓練を受けていない俺では、ひとたまりもないだろう。

せめて何か見つけなくては。

薄暗いダンジョンの中は、ところどころ不思議なことに明かりがついている。

常設ダンジョンであれば冒険者ギルドが魔道具を使って明るくしていることもあるが、ここは石壁の一部が光っているのだ。

「ぎゃあああっ！」

突然男の人の悲鳴が聞こえてビクッと振り返り、石壁からほんの少し顔を出して奥を覗く。俺を追ってきた2人組が、倒れている男性を明るいところで見下ろしている。

「――ちっ、ろくなもん持ってねえな。荷物にしかならない邪魔なもんばかりだ。なんでマジックバッグがないどころか、普通のカバンにすら何もドロップ品が入ってやがらねえんだ？」

「こいつひょっとして、アイテムボックス持ちじゃねえのか？　きっと集めたもんは、アイテムボックスの中にしまってやがったのさ」

「ついてねえな。先に殺しちまったじゃねえか。中身を出させねえと、死んじまったらアイテムボックスの中身は取り出せねえのに」

「さっきの子どもを狙うのはどうだ？　どっちに行ったのかわからねえから、とりあえずこっちに来たが……」

「あの子どもも、正直ろくなモンを持っていなさそうだったしな。いいとこの子ぽかったから、何か隠し持ってるんじゃねえかと思ったが……。深追いしても無駄足だ」

「そうだな。他の獲物を探そうぜ」

そう言って、男たちは去って行った。

姿が見えなくなってしばらくしてから、ようやく俺は大きくため息をついたのだった。

殺された男の人は、今まさに体がダンジョンに吸収されようとしていた。

ダンジョンで見つけた死体の持ち物は、奪ってもよいとされている。

なぜなら放っておいても、こうして吸収されてしまうからだ。俺は死んだ男の人の服を脱がせて、装備や食べ物を拝借した。

男たちは邪魔な荷物と言っていたが、死んだ男の人の持っていた武器は、俺の銀貨3枚で購入した片手剣より上等な物だった。

だが、俺は落胆した。

「双剣……かあ……」

武器の使い方をろくに知らなくても、武器そのものの攻撃力や、特性が戦闘に大きな影響を与えることもある。当たれば死ぬのだからな。

それでも、俺のスキルとの相性は最悪だった。双剣に俺の片手剣のスキルは発動しないし、スキルが成長することもない。だが、俺はそこで思い直す。まったく剣を振ったことがないのだから、むしろいちから双剣を極めてみてもいいかもしれない。少なくともこいつでよい片手剣が買えるくらいの金が稼げればいいだろう。

「今日からお前が、俺の相棒だ！」

俺は帰りにさっそく、男性の服を売って、双剣を腰から提げるためのホルダーを購入した。

これがまさか、俺の人生を変えるとは思いもよらなかった。

双剣を振るうち、なぜか俺のスキルは中級片手剣使いへと変化していった。

――片手剣使いが双剣を使うと、スキルが変化する。そんな噂が持ち上がって、俺はその話題の中心となった。

そしてそれは最終的に、なんと剣聖へと変化したのだ。

それからSランク冒険者になり十年近くが経過した頃、俺はかなりの金を貯めることが出来、早々に引退を決めた。

パーティーメンバーには残念がられたが、命を賭《と》してまで、続けたい仕事でもなかった。むしろ田舎《いなか》に家を購入して、のんびりと野菜を育てるその日暮らしをしたくなったのだ。

そうしても問題がないくらいの、余生をのんびり暮らせるだけの金はあった。それに、貴族のつまらないしがらみや、やり取りに悩まされないのはとても楽だった。

まあ、引退したとは言っても、ギルドカードを返却していないから、招集がかかれば行くことにはなるんだが。現役のSランク冒険者であったほうが何かと都合がよかった。

Sランク冒険者の資格を手放さなかったのは、Sランクである年数に応じて叙爵《じょしゃく》を受けることが可能だからだ。もちろん今さら貴族になるつもりはないが、ならないのとなれないのは大きく異なる。

権力というのは大切だ。万が一何かあった際に貴族になれる立場というのは、俺が自由でいるために大切なものとなった。

話は遡《さかのぼ》り、俺のスキルが上級片手剣使いに変化した頃。兄さんがキャベンディッシュ侯爵家を早々に継いだと連絡があった。そして、俺に名指しでクエストを依頼したいのだとも。

まだ父は現役で当主を続けられる年齢だったから、家督を譲るには早かったが、兄さんは相当頑張ったのだろう。そしてその理由の1つが、冒険者としての俺に仕事を振ってやりたいからだというのも、俺にはなんとなく分かっていた。

特にそういう約束をしたわけじゃない。

だけど家を出る俺を最後まで心配してくれたのは、兄さんだけだった。

平民となった貴族は、貴族である家族と連絡を取ることが許されない。別に法律で決まっているわけじゃないんだが、貴族の習慣としてははばかられる事柄とされているのだ。

当主になればそんな俺に堂々と連絡をすることが出来、なおかつ俺の生活の足しになるような金を渡すことも出来る。兄さんの依頼は護衛の仕事だった。

後継者として生まれた子どもと妻の避暑旅行の護衛を頼みたいというものだった。

兄さんは仕事が忙しかったから、子どもと兄さんの妻であるオリビアだけで旅行に出るらしい。

普段なら護衛はキャベンディッシュ侯爵家の者になるのだが、その役を俺に頼みたいのだと言う。

そうすることで、俺は堂々と甥《おい》っ子に会う口実を得ることが出来た。

甥っ子のアレックスは、俺たちの幼馴染であるオリビアによく似たとても可愛らしく賢い子どもだった。

それから年に1回、俺はオリビアとアレックスの避暑旅行の護衛を務めた。

だがアレックスが5歳になる年、オリビアは死んだ。

それから避暑旅行はなくなり、代わりに兄さん——アーロン・キャベンディッシュ侯爵の、護衛の仕事を頼まれることになった。

俺たち兄弟は、久しぶりに２人きりで、護衛とその護衛対象という関係性で、同じ馬車の中に揺られていた。

互いの近況を話す中で、アレックスに大泣きされ、そのせいで父さまにも叱りつけられたという話を兄さんがした。理由がまったく分からないのだと窓に肘《ひじ》を付き、顎を拳に乗せてぼやいていた。

その頃既に兄さんは、結婚前から愛人にしていた女性を後妻に迎えていた。

貴族にはよくあることだ。政略結婚で親が結婚相手を決めるこの国では、心から愛した人を愛人として囲っていることも少なくない。

アレックスが泣いたいきさつを聞くと、オリビアの遺品を後妻であるエロイーズさんに強請《ねだ》られて、それを渡してしまったのが原因のようだった。そしてそれを父に取り返されたらしい。

「エロイーズはオリビアと違って、あまり新しい物を強請《ねだ》らないからな。基本家にある物を欲しがるんだ。今回は父さまが昔母さまに差し上げたペンダントだった」

「母さまがオリビアの輿入れの前にやった物だったか。エロイーズさんには、代わりの新しい物を買ってやればよかったんじゃないか？」

俺は兄さんに尋ねた。

「なぜ新しい物が必要なんだ？」

「夫にお古を強請《ねだ》るエロイーズさんのほうが珍しいだろう？　普通は誰かが使っていた物よりも、自分だけの物を欲しがる物さ」

「まだ使えるのに、新しい物を欲しがる感覚は分からないな。エロイーズはそれが分かっている、謙虚で素晴らしい女性だよ」

兄さんは俺の発言意図が心底分からないようだった。

「タンスとかならな。俺も中古でも使える物があって安ければそのほうがいい。だが恋人や配偶者からの贈り物は、俺も自分だけの新品がいいと思うよ」

「そんなものか。分からないな。たかが物だぞ？」

驚いたように兄さんが言う。

「まあ、価値観の違いだから、そこを兄さんに理解してもらおうとは俺も思っていないが、物を大切にする人もいるってことだ」

「そんなものだろうか……」

「昔俺が、代々受け継いできた花瓶を割ってしまったことがあっただろう？　その時に兄さんと母さまが言ったことを覚えてるか？」

「……覚えてはいないが、もしも俺と母さまがその場にいたら、お前に怪我がなくてよかった、たかが物が壊れただけのことだ、気にするな、と言ったことだろうな」

「まんま、その通りのことを言われたよ」

と俺は笑う。

「当たり前だ。生きている人間よりも大切な物なんて、あってたまるものか」

「まあ、兄さんと母さまはそうだよな」

真顔でそう言う兄さんに、しょうがないなあ、という風に俺は苦笑する。

単に物に執着がないだけなんだよな、この人は。だから物に執着する人間の気持ちが、分からないんだ。ただ大切な物を大切に思う気持ちが、何1つ分からないわけじゃあない。

「昔母さまが、父さまがプレゼントした物を、アッサリ教会に寄付しちまって、父さまが目を丸くしてたのを思い出すよ」

「寄付を求められて、身に付けていた物を渡すのは、当たり前のことだろう？」

兄さんはまたしても不思議そうに俺に尋ねる。

「父さまと、俺と、アレックスは、物にも思い入れがあるのさ。自分が愛用していた物。大切な人からもらった物。大切な人が使っていた物。とかな。だから渡すにしても、配偶者から贈られた物は、最後の最後に手放すのさ」

「……分からないな」

「まあ、それが価値観の違いってやつさ。エロイーズさんが、オリビアの遺品ばかり欲しがる意図は分からんが……」

それは兄さんが言うような、古い物を大切にする、謙虚な心からじゃないだろう。

俺も昔エロイーズさんに会ったことがあるから分かる。俺はオリビアに燃えるような嫉妬の目を向けていた彼女の顔を思い出す。

「父さまやアレックスは渡すのを嫌がるだろうな。相手を大切に想うほど、その人の持ち物も、その人を思い出させる大切な物になっていくのさ」

「アレックスがオリビアに似て、変わっているからだとばかり思っていたよ」

「変わってる？　そうか？」

「……正直俺は、自分の息子がよく分からない。あいつはオリビアに似て、人の悪意というものが分からないんだ」

「まあ確かに、そういうところがあるな」

「悪意というものが、アレックス自身の中にも存在しない。そこがとてもオリビアによく似ている。どこか人間離れしているんだ」

「当たり前だ。親子なんだから」

オリビアは女神のような人だった。

どこかいつまでも少女のようで、浮世離れしている感じがあった。悪意というものを持ち合わせていないから、他人の悪意に疎いし、そもそも関心がない。

「見た目も似ているから余計に思い出すんだ。ある部分ではとても優秀で、後継者として相応しい能力があると感じるが、自分を攻撃する意思のある人間の気持ちが想像出来ないんだ」

「貴族の中で生きるのには、向いていないかもしれないな。平民もなかなか大変だが、それでも貴族の大変さは、また種類が違う」

「大変だったのか？　お前も」

「人前で財布を出しただけで、狙われるというのは、貴族にはないからな。目先の金と命を狙われるのが平民、領地や仕事や、家柄そのものを狙われるのが貴族って感じだ」

「……ああ。そうだな。アレックスにはそれが分からないから、どこか抜けているように見られがちなんだ。なんの加護がついているのか、身の危険は免れているが、いつまでもそういられるとは思えない」

「まあ確かに。キャベンディッシュ侯爵家の後継者になるのなら、そこは変わっていかなくてはならないだろうな。だがまだ幼いんだ。いずれ分かるようにもなるさ」

「そうだろうか……。俺はアレックスが、オリビアのように、ずっとこのままのような気もしているんだ」

「それは……なんとも言えないな」

生涯、悪意とは無縁で生き、死んだ、アレックスの母親、オリビア。彼女によく似た息子が、そうならないとは限らない。


また別の年、兄さんが護衛中に話しかける。

「弟のリアムはとても分かりやすく優秀なんだ。いっそのこと、リアムを当主にして、アレックスをその補佐に据えれば……とも、考えることがあるよ。こと対人面においては、リアムのほうが強《したた》かで、貴族に向いている」

俺は無邪気なオリビアの笑顔を思い出す。アレックスは、平民になったほうがまだ生きやすいかもしれないなあ……。

人間、結局は経験がものを言う。体面を誤魔化して取り繕って、遠回しな言い方を好む貴族の世界では、素直なアレックスは、対人スキルが成長しにくいかもしれないな。

こうなると、避暑旅行がなくなってしまったことがより残念に思えた。

あれからまた大きくなったであろう甥っ子と、色々と話をしてみたいと強く思った。

アレックスに最適な環境を用意してやりたい。俺も平民になったばかりの頃は、付け入ってこようとする奴らに振り回されて、失敗ばかりだった。

俺ならもっと、兄さんよりも、アレックスを上手に育ててやれるかもしれない。

どうにかして、またあの子と関わる方法はないだろうか？　失敗も経験だ。

オリビアの生き写しのようなあの子が、放っておけないと感じていた俺は、長年ずっとその方法を模索していた。まさかの甥っ子のほうから、俺を訪ねてくることになるとは、まるで思っていなかったが。

第六話　時空の海

「……だから、家を出た当時は、武器も死体から剥ぎ取った物を使っていたんだ。ダンジョンで死んだ人間は死体が吸収されるから、その人の持ち物を奪ってもいいことになってるんだ」

ええ？　そうなの？　怖……。

「他にも、大昔の遺跡や、親族が管理をしていない古い墓の中にある物も、誰の物でもないから、もらっても問題ないというルールがある」

「へえ……」

「こんな田舎じゃ、上級クエストなんて数が少ないからな、旅をしながら、そういう遺跡や墓を探してお宝を手に入れようとする冒険者も少なくないぞ」

「叔父さんもそうやって手に入れたんだ」

「ああ。最初に買った片手剣しかなかったから、強い敵が倒せなくてな。偶然手に入れた強い武器が、双剣だったわけだ」

「だから双剣を使ってたってこと？」

「ああ。双剣使いでもないのに双剣を使っていたのはそういう事情だな。そのうちに、ある日突然スキルが変化したのさ」

「スキルが剣聖になってたの？」

「いや。そんないきなり剣聖になれたわけじゃあない。最初はスキルがレベルアップしたのさ。それから中級片手剣使いになった」

レベルアップ。僕のスキルと同じだ……。

「叔父さんも頭の中で、スキルがレベルアップしましたって、文字が表示されて教えてもらえたの？　あれって不思議だよねえ、新しい能力が解放されたら、おめでとうございますって言ってくれるし」

「なんだ？　そりゃ。そんな文字なんて表示されないぞ？」

「え？　そうなの？」

頭に文字が浮かぶのは僕だけってこと？　僕のスキルが特殊なのかな。

「よその町に行くと、冒険者ギルドで最初に冒険者登録証を提示して、間違いがないか確認するんだ。その時にスキルが変わっていたことを知った」

冒険者登録証が本人の物か知る必要があるからな、と教えてくれた。他の町に行くたびに、そうして確認するんだって。

「ステータスも冒険者ギルドで確認するの？　だって自分じゃ見られないよね？」

「いや、自分のステータスはステータス鑑定スクロールで。魔物がドロップした武器なんかは、武器ステータス鑑定スクロールで確認するんだ。それか鑑定スキルや武器鑑定スキル持ちに頼むか、だな。それ以外で、自分でステータスを知るすべはない。異世界から転生してくるとされている勇者さまや聖女さまたちは、自身のステータスを自分で見られるそうだがな」

「鑑定スクロールはどうすれば手に入るの？」

「魔物がドロップした物を購入するか、自分で倒してドロップするしかない。消耗品なら割と手に入るが、無限に使えるタイプは数が少ないし高いから、簡単には手に入らないな」

「じゃあ叔父さんは、移動先の冒険者ギルドで、今のスキルについてだけ、確認されたってことなんだね」

「ああ、そうだ。そこで冒険者ギルドから理由を問われてな。心当たりは片手剣使いのくせして双剣を使ってたことくらいしかなかったからな。そのまま伝えたら、片手剣使いのスキル持ちが双剣を使うと、スキルが変化することがあるという、噂になったってことだ」

叔父さんは懐かしそうに笑った。

「だからヒルデは片手剣使いのスキル持ちなのに、双剣を使ってたってことなんだね。――いつか叔父さんみたく、剣聖になりたかったから」

「おそらくはそうだろうな。スキルの解放、と呼ばれるものらしい。条件はいくつかあるが、それがなんであるのかを記された書物はない。経験値だとか、1つのものを一定数使うだとか、まあ色々推測されてはいるが」

叔父さんの場合は、片手剣と双剣の経験値が、それぞれ一定数貯まったから、とか？

じゃあ僕の場合は、同じ魚ばっかり、たくさん出したから、スキルが増えたのかな。

でも、書物に記されてないなら、確定事項じゃあないってことだ。

そんな、必ず起こるかも分からないことのために、スキルのない双剣を使う人がいたら、それはとても馬鹿馬鹿しく思われるかも。だからヒルデは言うのを躊躇《ためら》ったのか。

剣聖を目指して、そんなことをしてるなんて知られたら、他人に笑われちゃうかもしれないから。だけど凄い。スキルがなくてもヒルデは、あんなに強いんだもの。努力したんだなあ。

……そうだ！　僕もスキルがレベルアップしたんだった！　帰ったら夜ご飯を食べてから、さっそく試してみようっと!!

夕ご飯を食べ終えた僕は、お風呂に入るまでの時間に、レベルアップで新しく使えるようになった力を試してみることにした。

けど、そもそも時空の海がなんのことなのか、よく分からない。

時空の何かが魚みたいに、どこかに漂ってるってことなのかな？

何を出そうと願えばいいんだろうな？

時空って言われて僕が思いつくのは、時空間魔法だ。アイテムボックスには、実は時空間魔法がかかっていると言われてるからそれに関係するのかもしれない。

中に入れた物が腐らない仕様になっているのも時空間魔法のおかげだ。

アイテムボックスそのものが時空間魔法だとする説もあるけど、時空間魔法は時間や空間を操れる特殊な魔法で、過去に聖女さまと勇者さまに使える人がいたくらいだ。

僕に魔法を教えてくれていた家庭教師いわく、魔塔で研究されてもいるけど、まだ詳しくは解明されていないみたい。

ひょっとしたら、時空の海のスキルは、たくさんのアイテムボックスが出せるスキルなのかも？

今の心当たりで、想像して願えるのはそれくらいだ。

棚のようにアイテムボックスがあったら、それこそ便利だよね！　魚も事前に入れておいて取り出せば、アイテムボックス持ちですって堂々と言い張れるようにもなるし。

今は派手な演出つきのアイテムボックスって誤魔化してるけど、正直見られるのは恥ずかしい。

普通にアイテムボックスを出せるようになるなら嬉しいな。

アイテムボックスを出したい。

アイテムボックス出てこい！　それこそ、魚群のようにたくさんのアイテムボックスが！

僕は魚が出てくる時の扉が、たくさん目の前で開くのをイメージした。すると、僕の目の前が発光する。思わず目をつむると、眩しい光の奔流に包まれていくのを感じた。

——やった！　成功だ!!

でも目を開けると、目の前にあったのは重々しい鉄の扉だ。いつもの木の扉みたく、勝手に開くということもなかった。

まだ、なんか条件が足りてないのかな？

思わずドアノブに手をかけると、それは鍵がかかっておらず、するっと回った。

わわっ!!　あ、開けられるのかな……？

「お、お邪魔しまーす……」

僕のスキルなんだから、誰かいるわけもないはずだけど、思わずそう言って、扉の隙間から、ちらりと中を覗いた。

「な、何これ……」

そこは不思議な空間だった。長く長く伸びている手すりのない、四角い螺旋《らせん》階段と光る扉。真ん中はぽっかりと穴が空いており、薄暗くて底のほうがまったく見えない。

その階段の脇には、途中途中に別の扉があって、それぞれがうっすらと光っている。でも、下を見下ろすと、ところどころが灰色で、光の消えた扉があった。

「これが、時空の海……？」

僕が願った通りだとすると、ここはたくさんのアイテムボックスがある場所、ということになるけど。

海水どころか真水すらないし、いったいどのあたりが海なんだか、さっぱり分からなかった。

先へ進むと、すぐに下のほうに扉が見えてきた。

下に行くにつれなんとなく見える、灰色の扉とは違った感じで、扉そのものが光って、さらに隙間から白っぽい光が漏れ出している。

「あれはなんだろう……」

僕は恐る恐る階段を下りてみる。手すりどころか壁すらないから、階段の左端に寄ったら、そのまま下に落ちてしまいそうで怖い。

「こ、ここを下りるのかぁ……」

僕は少し躊躇《ためら》ったあと、意を決して螺旋階段を下り始める。

必然的に右手側に寄りかかるようにして、落ちないように階段を下りることになった。

1番上の扉までたどり着いて、光る扉に駆け寄り、思わず深呼吸をした。

「すみませーん！」

と言いながら扉のドアノブを回す。――けど、ドアノブには鍵がかかっていた。

「開かない……」

鍵はスキルで出せないのかな？

それか、イメージすれば開くもの？

だってよく見ると、そもそも鍵穴らしきものがないんだもの。

一生懸命イメージしてみたけど、まったく開くことがなかった。

仕方がないので、思いっきり引っ張ってみることにした。

「んっ……!! んんん～～……!! うわっ!? ――いたたた……」

両手でドアノブを掴んで、力任せに引っ張ってたら、スポッと手が抜けて地面に尻もちをついてしまった。

浮いているような気がして振り返ると、頭が階段の外に出てしまっていた。

こわっ!! 下手したら落ちてたかもだよ!!

僕は扉を開けることを諦めて、また階段を下りていく。次の扉も同じだった。

何度かガチャガチャ回してみるけど、さっぱり開かない。

誰もいない薄暗い螺旋階段を、こわごわと一段一段下りていく。あまりに静か過ぎて、余計に恐怖が増した。

カツンッ！　カツンッ！　と自分の足音が響く中、僕は恐ろしさに耐え切れず呼びかける。

「だ、誰かいませんか～？」

諦めて、また階段を下りて、次のドアノブを回して、開かないことを確認する。

その繰り返しだった。

僕はだんだんと、今はまだ開かないだけなんじゃないかなと思って、とりあえず開けるのを諦めて下りてみることにした。

７３番目に訪れた扉は今までのものとは違った。

そもそも光っていないんだ。ドアノブを回してみると、今度はするっと開いた。

「光る扉だけ、開けられないのかな……？」

中に入ると、魔道具も、ランタンも、何もないのにとっても明るい。

部屋の中はまるで物置だった。そこそこ広い。

そこに無秩序に色んな物が置かれてる。

衣装箱のような木箱や、樽《たる》にツボ、布に巻かれた長い棒のような何か、小さな宝石箱。

それから、壁際に積まれたたくさんの本。

僕はその本の山から一冊を手に取った。表紙の文字は読めなかった。パラパラとページをめくるが、中身も見たこともないような文字で書かれていた。

「どこの国の文字なんだろ……」

外国の人の持ち物なのかなあ……。

「なんだろう、これ……。ここに物をしまった人は、ずいぶん整理整頓が出来ない人だったんだなあ……」

僕は1つひとつ、何があるのかを持ち上げては、どかして確認していく。

そこで、小さな宝石箱の中から気になる物を見つけた。

「――あれ……？」

これは、以前父さまが、お祖父さまが亡くなられてから、失くなってしまったと騒いでいた、母さまの形見のペンダントじゃないか！

おっきなルビーがはめられていて、お祖父さまが若い時にお祖母さまにプレゼントし、結婚前のお母さまがお祖母さまから譲り受けたという品で、キャベンディッシュ家の家宝だ。

エロイーズさんが欲しがっていたから、プレゼントしようとしていたのに！　と、父さまが騒いでいたのを覚えている。

レグリオ王国の海への避暑旅行の時に、母さまが身に付けていたから、なんとなく覚えていた。たぶん叔父さんに見せたら、なおのことはっきりすると思う。

なんでそれがこんなところに……？

「まさか……、ひょっとしてここって、盗賊のアジト……？　隠し部屋とか？　僕のスキルがそこにつながっちゃったのかな!?」

僕は慌ててあたりを見回したけど、部屋の中には、僕が入って来た扉以外に、入口らしき物はなかった。

——そもそも盗賊が、こんな大きな隠し部屋を持ってるのかな？

ここまで地下にのびる大きな空間を作れるのは、王族くらいだろう。

いや、待てよ、そもそもここが時空の海の中だと言うのなら、スキルを持ってる僕以外は入れない空間のはず。

最初に僕は、僕のスキル〈海〉で、たくさんのアイテムボックスが現れるのを願った。

僕が魚群をイメージしたから、こんなにもたくさん扉が出てきたってことなの？

ということは、この扉の1つひとつがアイテムボックスってこと!?

アイテムボックスは、本来1人に1つ、付与されるスキルのことだ。

時空の海の時空が時空間魔法を指すならこの認識は間違っていないはず。

僕が勝手に他人のアイテムボックスの中に入れても、持ち主はそんなこと予期出来るはずない。

「なんだ……、じゃあ安全じゃないか」

僕はほっとした。それにしても、他人のアイテムボックスの中に入れるだなんて、凄いスキルだ!!　だけど、だからと言って、勝手に持ち出すわけにもいかないよね。使えるようで、使えないスキルだなあ……。

とりあえず、これはもともと母さまの持ち物だから返してもらおう。

他にも何か盗まれた物がないかと思って、僕は部屋の中の荷物を確認した。

衣装箱のような木箱の蓋を開けると、懐かしい母さまのドレスが入っていた!!

ぜんぶエロイーズさんに取られたと思ってたのに！　僕は思わず服を抱きしめて泣いた。

母さまのニオイがする……。

小さな頃に、母さまに抱きしめてもらった記憶を思い出していた。他にも何かないかな？

すると……。

「え……？　何これ、お祖母さまの、――肖像画……？　なんだってこんなもの……」

これもお祖父さまの棺《ひつぎ》に入れてあげようとして、見つからなかった物だ。

こんな物盗む人いるのかな？　それも卓上サイズの小ささで、ずっとお祖父さまの枕元の小さなチェストの上に置かれてた物だ。

名のある画家が描いたとか？

キャベンディッシュ家ならありうる話ではあるけど、それでもこんな大きさなら、大した値段にはならないよね……。

さらに荷物を見ていると、

「うっわあ!!　懐かしい!!　小さい頃に、お祖父さまに描いて差し上げた、僕の絵だ!!」

今度は僕が描いた絵が出てきた。

――これはおかしい。流石におかしい。

幼児の絵なんて誰が盗むの？

僕はそう思って、改めて1つひとつを確認してから、1つの結論にたどり着いた。

「これ……、ひょっとして、ぜんぶ亡くなられたお祖父さまの持ち物なんじゃ……？」

知らない物もあったけど、見覚えのある物もたくさんあった。

それに、お祖父さまの持ち物ばかりを、こんなにもたくさんピンポイントで、キャベンディッシュ侯爵家から盗み出すなんてことは不可能だ。

だって曲がりなりにも、屋敷には護衛の兵士たちが大勢いるんだもの。

つまりここって……。

「まさか……。——亡くなられたお祖父さまの、アイテムボックスの中ってこと……？」

お祖父さまはアイテムボックス持ちだったの？　そんな話は聞いたことがなかったよ。

でも、キャベンディッシュ侯爵家で必要とされるのが魔法スキルだと考えれば、優秀なスキルを持っていてもおかしくない。仮に、他にもスキルが付与されていたとしても、聞かれることはないから、言っていなかっただけかも。お祖父さまの鑑定に立ち会った人なんて、もう誰も生きてないだろうし。

アイテムボックスは時空間魔法がかかっているもの。中に物を入れた状態で持ち主が亡くなってしまうと、二度と中身を取り出せなくなるという話を、先日聞いたばかりだ。

「——ここは、誰かのアイテムボックスに入れる扉が並んでいて、生きている人のアイテムボックスの中にも、死んだ人のアイテムボックスの中にも、つながってる場所ってことなんだ……‼」

凄い！　凄いよ！　このスキル‼　たぶん光っている扉が開かなかったのは、まだ生きている人が使っているから。反対に、灰色の扉は亡くなった人のもので開けられるんだと思う。

アイテムボックスは、スキルの持ち主しか関与出来ず、中身を取り出せない仕組みだから、持ち主が生きてる限りは、その人しか中身を取り出せないんだろうな。

だけど扉があるってことは、ひょっとしたら、いずれこの先スキルのレベルが上がったら、生きてる人のアイテムボックスにも、関与出来るようになるのかもしれない。

僕は怖いのを我慢して、階段に腹ばいになる。階段の端っこを手で掴みながら、頭を出して下を覗き込んでみた。下に行けば行くほど、扉の明かりが見当たらない。つまり、上の階ほど最近亡くなられた方のアイテムボックスで、下に行くほど、ずっと昔に亡くなられた方のアイテムボックスということなのかも。

最近亡くなられた方のものであれば、どなたか血縁者の方とかにお会いする機会があれば、中身をお返ししたいなと思う。戦争で亡くなられた兵士の遺品は、極力遺族にお返しするものだけれど、大昔に亡くなった国や人の物は、法的には誰の物ということもないんだよな。

それを目的にしている冒険者もいるって、叔父さんも言っていたしね。

だから僕の物にしても問題ないわけだ。そうと決まれば、さっそく明日、ランタンとマジックバッグを買ってこなくちゃね！

流石に足元の光る階段と、扉の明かりだけじゃ、下まで下りるのは心もとないよ。

僕はワクワクしながら時空の海の扉から出た。

それから扉を消してお風呂に入って、普段なら叔父さんから借りた本を少し読んでから寝るところを、早めに靴を脱いでベッドに潜り込んだのだった。

第七話　アイテムボックスの海の探検

次の日、草むしりをしながら、妙にウキウキしている僕を見て、叔父さんが、なんだか楽しそうだな、と言ってきた。

だって、あんな面白い物を見つけちゃったからね！　これからが楽しみで仕方ないよ。

早く探検したいな。

でも、どんな物が出てくるかも分からないから、叔父さんに報告するのはそのあとかな。お祖父さまのアイテムボックスの中身はそのままにしてある。

キャベンディッシュ侯爵家を出ることになった僕の、唯一家族との思い出を感じられる場所だし。何より母さまの物があるしね。

いつでも行くことは出来るし、母さまのペンダントを僕が持ってることを、万が一父さまにでも知られたら、エロイーズさんにあげるためによこせと言われちゃうかもしれない。

あの時は僕が小さ過ぎて、うまく言葉に出来なかったけど、母さまの物をエロイーズさんにあげちゃうことを、凄く嫌だなあって思って、大泣きしたのを覚えてる。

それを見たお祖父さまは父さまをたしなめたけど、父さまは理解が出来ないと言って、頑として聞き入れなかった。

お祖父さまも、それでアイテムボックスの中に隠したんだろうな。

自分があげたわけでもないのに、妻の遺品を別の女性に渡そうとすることに、耐えられなかったんだと思う。もともとお祖母さまが母さまにあげた物だし、お祖父さまとお祖母さまとの思い出の品でもあるわけだしね。

父さまは母さまを、完全に忘れちゃったのかな。だって母さまの形見を、簡単に人に渡すだなんてありえないよ。どれだけお金に困っても、1番最後に売る物だと思う。

最初は母さまのことを思い出すのが辛いからなのだと思った時期もあったけど、もともと愛してなかっただけなんだと思う。政略結婚だから仕方がないけど、母さまが可哀想だと思ったし、同時に叔父さんが僕の父さまだったらなって考えたこともあるんだ。

父さまは僕にあんまり興味がないから。

それに僕は、母さまが亡くなってしまったことをまだ受け入れられていないし、母さまの持ち物を手放したくない。

だからお祖父さまが隠してくれてて本当によかったよ。

エロイーズさんはもともと男爵家の令嬢で、僕が生まれる前からの父さまの公妾《こうしょう》だ。貴族や王族には珍しくもない。魔法スキルがなかったことと、家格が釣り合わなくて、父さまの婚約者にはなれなかったけど、もともと母さまと結婚する前から、2人は愛し合ってたんだと思う。

たぶん、きっとエロイーズさんは、母さまが生きていた時から狙っていたんだ。母さまのペンダントと、父さまの妻の立場を。

だからエロイーズさんは、母さまの子どもである僕のことが、初対面から嫌いだった。仲良くしようとしたけど、初めから嫌われてたら無理だよね。だからすぐに諦めたよ。僕のことと母さまのことは別だと思うんだけど、エロイーズさんにはそうじゃなかったみたいだ。父さまを奪った憎き女の子ども。そして何より母さまにそっくりな子ども。

父さまは明るい茶髪で青い目をしていて、リアムはエロイーズさんと同じ、ブルネットに青い目をしてる。僕はというと金髪に緑の目。何ひとつ父さまには似てないんだ。

それが僕だ。僕は別に父さまに愛されてたわけじゃないのに、父さまの愛情を独り占めしておいて、さらに僕のキャベンディッシュ侯爵家の後継者の立場すらも欲しがっていた。

僕の持ってる、父さまに関するすべての物を、僕から取り上げようとしたんだ。僕が父さまからもらった物なんて知れてるけど。

だから母さまが父さまからもらった物は、お祖父さまが隠してあったドレスと宝石を除いて、いつの間にか、ぜんぶエロイーズさんの物になってた。服も、宝石も、何もかも。

幼い子どもの僕が、母親として受け入れられないまでも、仲良くしようと頑張ってるのに、大人げないなあとは思っていたよ。

頑張って草むしりを終えて、水やりも手伝って、お昼ご飯を食べ終えてから、叔父さんにいつもより早く馬車で町まで送ってもらった。

早めに着いたので、僕は市場でランタンとマジックバッグを探すことにした。帰りにまたヒルデが町の入口まで送ってくれるとしたら寄り道しづらいしね。

いくつか店を回って、最終的に、広い範囲が照らせる魔道具のランタンを小金貨3枚で、飛竜種1頭が入る大きさのマジックバッグを、中金貨3枚で購入した。マジックバッグは高かったけど、長く使える物だし、いずれもっと大きな物を買う時に売れるしね。

先にお金をある程度稼いでてよかったよ。

買い物を終えて、露天商の店の場所に行くと、既にヒルデも、ラナおばさんとポーリンさんも、先に着いていた。ヒルデは肉の焼串を片手に5本も持っていて、もう片方の手にある1本を頬張っている最中だった。

お昼ご飯は食べてきたけど、美味しそうに肉の焼串を頬張っているヒルデを見ていたら、僕も食べたくなってきた。

ラナおばさんにお願いして2本焼いてもらって、ヒルデとおしゃべりしながら食べた。

ヒルデは今日のクエストでCランクのロック鳥を狩ったらしい。

空を飛ぶ魔物は、近接職には倒しにくいって聞いたことがあるけど、そんなのまで1人で狩っちゃうのかあ……。凄いや。

話を聞く限りだと、今日の狩りは上手くいったらしくて、卵を手に入れられたそうだ。

ヒルデはかなりテンションが高かった。

納品クエストじゃないけど、ロック鳥の卵は買い取り価格が高いらしくて、結構儲かったんだって。ラナおばさんも、凄いねえ！　と驚いてて、ヒルデは照れくさそうだった。

売り始めると、今日も店は大盛況だった。

無事に僕もラナおばさんも、在庫をすべて売り払って、僕はいつも通り町の入口までヒルデに送ってもらって別れた。

今日はマジックバッグのおかげで手ぶらだったから、市場を2人で見て回りながら帰ることにした。なんだかヒルデとデートしてるみたいだなあ、なんて思ってしまった。


叔父さんと一緒に夜ご飯を食べたら、お風呂に入る前にさっそく、アイテムボックスの海の探索を始めることにした。

叔父さんはいつも、入りたい時に言えば沸かすって言ってくれるけど、燃料だってばかにならないし、叔父さんは寝る前に入る人だから、あんまりその時間帯とズレたくないしね。

ちなみに明日はお風呂の薪《まき》の薪割りを手伝う予定だ。台所の火は魔道具だけど、お湯を大量に沸かすとなると高いらしい。

僕はほんとに恵まれてたんだなあ。

キャベンディッシュ侯爵家にはタンクに貯めた水をお湯にして、浴槽に直接出す魔道具が普通にあったし、井戸から水を汲むのも、メイドたちがやってくれてた。

もっと稼げるようになったら、そのうち僕がこの魔道具を叔父さんにプレゼントしようっと。そう考えながら、僕はスキルを発動させた。

目の前が発光し、鉄の扉が出てくる。僕は魔道具のランタンの明かりをつけると、扉を開けて中に入った。アイテムボックスの海は、前回と何も変わらなかった。

お祖父さまのアイテムボックスの中も何も変わらない。

1つ変わったことがあるとしたら、お祖父さまのアイテムボックスの先はしばらく明るい扉だったのが、3つ先の扉がお祖父さまと同じく灰色になったことだ。

「持ち主が死んじゃったってことかなあ」

アイテムボックスも、そこまで珍しいわけでもないけど、持ってる人が少ないスキルなんだそうだ。もしもアイテムボックスのスキルを持って生まれた順番に並んでいるんだとしたら、お祖父さまのあとに72人しか生まれてないってことになるね。つまり新しい灰色の扉は、生前のお祖父さまよりも年上の人ってことだ。

僕は新しく灰色になった扉を開けてみた。

中はお祖父さまのアイテムボックスとは比べものにならないくらい広かった。

マジックバッグにも段階があるように、アイテムボックスの大きさは、人によって違うって言うから、この人のアイテムボックスはかなり大きな物だったんだろう。

「うっわああ……!!　何これ、凄いよ……」

中は金銀財宝の山だった。特に見たこともないくらいの巨大な宝石が目を引いた。

「――かなり裕福な貴族だったのかな?」

この国で言うのなら、デヴォンシャー公爵家がそれに相当するけど、あそこの先代の当主はお祖父さまよりも年下だったはず。

「うーん、何か他に手がかりはないのかなあ……。お祖父さまと年齢が近いのなら、僕も知ってる人だと思うんだけど……」

ああでもない、こうでもないと、アイテムボックスの中の物を探っていると、僕はとんでもない物を発見してしまった。

「これって……、王家の紋章……？」

見覚えのある紋章が彫られた短剣だった。王侯貴族では代々、赤子が生まれると、魔を祓《はら》う目的で銀で出来た短剣を作って、赤ちゃんの枕元に置く習慣が存在する。

僕も持っていたけど、キャベンディッシュ侯爵家の家紋入りだったから、家を出る時に父さまに取り上げられてしまった。

1人に1つ、新しく作ることに意味がある縁起物だから、これは流石にエロイーズさんには取り上げられなかったんだけどね。

つまりこのアイテムボックスの持ち主は、間違いなく王族だったってことだ。お祖父さまよりも年上の王族は、——現在2人だけ。

「まさか、これって、先代王か先代王の母君のアイテムボックスの中ってこと……？」

万が一そうだとしたら、僕がこの中の物に手を付けるのはかなりマズい。

いい物があったら売りに出そうと思ってたけど、王族しか持っていないはずの宝石やらなんやらを、売りに出す人間なんていない。

そんなことしたら、出所をたどられて、僕が盗んだなんていう疑いをかけられて、最悪投獄、死罪にならないとも限らない。

「はあ～……。せっかく金銀財宝を手に入れたと思ったのに……」

残念だけど、ここも手を付けられないや。

仕方がないから、もっと古いところを探ってみようっと。

僕は部屋から出ると、もっと下のほうの、明かりが消えている扉の中を探してみることにした。

「はあ、はあ……。これくらい下りたら、だいじょうぶかな」

僕は２００番目の扉の前にいた。

ここまで来るのにたくさんの階段を下りてきたから、結構しんどかった。

しかも扉がない側に壁も手すりもないから、怖くてゆっくりしか下りられないのが、精神的にきついんだよね。

お祖父さまのあとに生まれた、アイテムボックス持ちが約７０人。

大体1年に1人の計算で、アイテムボックス持ちがいる計算になるな。

ユニークスキルとまではいかないまでも、かなり持ってる人は珍しいってことだね。

つまり、ここは２００年前くらいに生まれた人のアイテムボックスってことになる。

ここまで来ると、もう光る扉は1つもなくて、すべての扉が灰色だった。

――いや。そんなこともない。

それこそ、すっごく下のほうに、階段しかないはずの明かりの中に、光が1つ。

どのくらい昔か分からないけど、気が遠くなるくらいの、かなりの大昔のはずだ。

こんな前から生きている人なんているわけがない。――そう、人間なら。

もしも魔物にもスキルがあるとすれば、おそらくそういった人外の類《たぐい》のものかもしれない。

だけどその分、すっごく珍しいお宝が入ってる可能性だってある。

もう少し体力をつけて、あそこまで下りられるようになったら、光が消える前に印を付けに行こう。もちろん僕が生きている間に、持ち主が死なない可能性だってあるけど、先のことは分からないからね。

うん、というか、下りるのはだいじょうぶなんだけど、上るのがしんどいんだ……。

自分の体力を加味して、上ることを考えた時に、２００までが限界かなって思った。

では、いざ！　およそ２００年前の扉へ！

僕は扉を開いてみた。

「わあ……！」

かなり広い部屋の中全体に、ぎっしりと何かが詰め込まれている。それはそれはもう、足の踏み場もないくらいだ。かなりパンパンに詰め込んでたみたいで、これは１つひとつ出していかないと、中身をすべて確認するのは無理そうだよね。

アイテムボックスもマジックバッグも、使用者が指定した物を取り出せる仕組みだから、こんな状態でも困らないんだろうな。

というか、逆にこの下のほうに重ねられた物を、どうやって取り出してるんだろ？

上のほう、めっちゃ重そうだよ？

僕のマジックバッグの中身も、中に入れたら、こんな風に適当に重ねられてるんだろうか。

うーん、ちょっと整頓したくなるよね。

あれは……金貨かなぁ？　あとは……よく分からないけどキラキラした物があちこちにあって、どれもすっごく珍しい物ばかりだ。

もとの持ち主は冒険者だったのかな？

かなりの素材の宝庫だった。

僕はワクワクが止まらなかった。

そこで真っ赤な分厚い皮を発見する。

「――これって、ワイバーンの皮かな？　一回だけ見たことがあるよ」

ザラリとした独特な感触を撫でる。確か叔父さんが避暑旅行の護衛の時に、身に着けていた胴当ての素材と同じだ。あの時叔父さんがワイバーンの皮だって言ってたはず。

「この、１番大きいのは何かな……。んっしょ、よいっ……しょっと!!」

僕は重ねられた箱の間に敷かれていた黒皮を、無理やり引っ張って引きずり出した。

「うっわああ、大きいなあ……」

硬い鱗《うろこ》のついた真っ黒い皮だった。

頭も手足も尻尾もないから、おそらくこれでも一部なんだろうな。

相当大きな魔物ってことになるよね。

これなら珍しいから売れるかも？

僕はこれを持って上がることにした。けど、皮とは言っても、かなり重たくて、マジックバッグに入れるために引っ張り上げるのが大変だった。

続いて見つけたのは……、ずいぶんと立派な鞘《さや》に収められた長剣だった。やっぱり冒険者だったんだな。これも高く売れそうだね。

なんか宝石みたいな飾りもついてるし、見た目だけなら伝説《レジェンダリー》クラスの剣にも見えるよ。

武器にはそれぞれレアリティがあって、上になるほど特殊なスキルが付与されてる。

上から、幻想《ファンタズム》クラス、伝説クラス、遺物《レガシー》クラス、固有《ユニーク》クラス、最高《エピック》クラス、希少《レア》クラス、通常《ノーマル》クラス、粗悪《インフェリオリティ》クラスという感じに分かれてるんだ。

これは様子見かな。いったんお祖父さまのアイテムボックスの中に入れておこう。これもマジックバッグの中へとしまう。

「あ、これ……、ペンダント？」

それは虹色に輝く不思議な石で出来た小さな首飾りだった。他にもたくさん宝石はあるのに、僕はひときわそれに興味を惹かれた。

何の石かはよく分からないけれど、魔力を感じるから魔道具かもしれない。

僕は魔法のスキルはないけど、家庭教師に魔力の流れを感じ取る訓練をさせられてた。

だから魔力自体は分かるんだよね。今さら分かったところで、なんだけどさ……。

「うわぁ、キレイだなあ……」

手に取って見ると、本当に綺麗だ。

角度によって色が変わって見える。

まるで7色の光を閉じ込めているみたい。

これはミーニャにプレゼントしようかな？

とっても喜んでくれるはずだ。

僕がそう思った時だった。

「……あっ！」

僕の声に反応したのか、それともただの偶然か、その小さなペンダントは、突然目もくらむような強い輝きを放った。

「眩しっ……!?」

思わず目をつむった僕の手の中で、その光はどんどん小さくなっていき、やがて何ごともなかったかのように消えてしまった。

「あれ？　……消えた？　なんだったんだろ、今の……」

僕の気のせいとかじゃないと思うけど。

僕は光の消えたペンダントの宝石を、手のひらの上に載せてマジマジと見つめた。つついてみたけど、宝石はもう光らなかった。なんか変なことしちゃったかな？

すると天井のほうから声が聞こえてきた。

「――あなたが新しいマスターですね」

「……え？　誰っ!?」

僕以外誰も入れないはずのアイテムボックスの中なのに、人の声!?

まさか、このアイテムボックスの持ち主の人とか!?

勝手に入ってたのがバレちゃったよ！　どうしよう、怒られる!!

……あれ？　でもでも、ここは２００年前に生まれた人のアイテムボックスのはずだよね？

持ち主が生きているなんてことは……。

思わず驚いて見上げると、そこには水色の長い髪をフワリと揺らしながら微笑んでいる、大きなタレ目の可愛い女の子の姿があった。

こんなところに風なんて吹いてないのに、まるで下から風に持ち上げられてるみたいに髪の毛が浮かんで左右に広がっている。ユラユラと揺れているのが不思議な感じだね。

瞳の色はペンダントの宝石と同じく、７色に見えた。吸い込まれそうな目をしてる子だな。彼女はにっこりと微笑みながら、フワリ……と僕に近寄って来た。

白いノースリーブのワンピース姿。スカートの裾《すそ》をフワフワとなびかせながら動いているんだけど、ちょ、ちょっと、あんまり近付かないで！　パンツが見えそうだから！

少女は僕が慌てるのもお構いなしに言う。

「私はその宝石の守護精霊です。その宝石を持つ者こそ、私のマスター。運命に選ばれし者よ。私の加護を差し上げましょう。これから私があなたのことを守護いたします」

「せ、せいれい？　って、あの……？」

彼女の顔を見るように意識しつつも、時折動いてめくれそうになるスカートに、どうしても目線がいってしまう。

精霊については、キャベンディッシュ家の家庭教師の授業で聞いたことがあるよ。自然界には様々な物に守護精霊や妖精がついていて、まれに人を守護してくれることがあるって。

加護を与えられるだけでも凄いことで、植物を育てる力や、人の怪我や病気を治す力、伝説級の武器を作る力なんてものを与えられた人間も過去にはいるらしい。

「マスター、私に名前をくださいませんか？」

そう言いながら、小首をかしげる。サラッと水色の髪が揺れるのが、凄くきれいだ。

「マスターって、僕が？　なんで？　それに加護だけでも凄いことなのに、僕を守護するってどういうこと⁉」

「私がお仕えしたいと思ったからに決まっています。あなたは運命に選ばれし人。その人を守護するのが私の役目なのです」

なんか凄いこと言ってるけど……。

「ぼ、僕、そんな、だいそれた人間じゃないし、悪いけどそういうのは……」

「そうですか……。残念です。マスターに拒絶されてしまうと、私は消えてしまうのですが、仕方がないですね……。本当にとても残念ですが」

可愛らしい女の子が悲しそうに言った。

「き、消えるって、ちょっと待って⁉　どういうことなの⁉」

「私は人を守護する運命を課せられた精霊なのです。守護対象の信頼を失ったり、拒絶を受けたりした場合はその力を失います。精霊にとって力を失うということは死を意味します」

「そ、そんな……。じゃ、じゃあ、分かったよ、お願いします！　僕を守護してください！」

僕はやけっぱちでそう叫んだ。

「はい……！　マスター……。あなたの生ある限り、お守りいたします」

女の子は涙を浮かべて喜んだ。

せっかく会えたのに、このままお別れなんて寂しいもん。断ったら死ぬなんて言われたら、そりゃあ断れるわけないよ。

「では、私に名前をつけてください」

「前の人がつけた名前はないの？」

「その時々のマスターがつける決まりなのです。以前のものは覚えていません」

うーん……。持ち主が死ぬとリセットされちゃうってこと？　そのうち僕が死んだら、僕のことも忘れちゃうのかな……。

「それはそれで寂しいね。前の持ち主のこと、何も覚えてないの？」

女の子は不思議そうに首をかしげた。

「とても優しく、私を大切に扱っていただいたことは覚えています。凄く気持ちがよかった気がします。もう一度、それを味わいたいと思うほどです」

え、えと……。前の持ち主は、この子に何をしたんだろうか……。

「マスターも、私を気持ちよくしてくださいますか？　私、なんでもいたします」

そう言って、女の子は僕の首にフワリと抱きつきながら微笑んだ。

「ま、まままま、待って!!　僕にはミーニャがいるんだ!!」

女の子は不思議そうにキョトンとした。

「ミーニャ？　それはなんですか？」

「僕の大好きな女の子の名前だよ」

「ミーニャ、マスターの大切な人。――覚えました」

胸に手を当ててニッコリ微笑んだ。

「あれ……？　体が軽い……？」

さっきまでの、階段を下りてきたり、重たい物を持った疲れが、嘘のようになくなっていた。

ポーションを飲んだ時以上だった。

「はい、さっきマスターを回復しました」

女の子はニッコリと微笑んだ。

いきなり抱きついてきたのは、それでだったのか……！　紛らわしいよ!!

なんでもとか言うから、誤解するところだったよ。というか実際誤解しちゃったよ！　もう……。

「ありがたいけど、いきなりはやめてね？　びっくりするからさ」

「分かりました、マスター」

女の子はそう言って無邪気に微笑んだ。他意はないんだろうけど、かなり可愛い見た目をしているから、こっちはドキドキしちゃって困るよ。

「君の名前は……、そうだなあ。——カナンはどう？　君の目の色みたいに、土の成分で色を変える花の名前だよ。小さくて、とってもキレイなんだ」

「カナン……。はい、嬉しいです。ありがとうございます、マスター。私、今、……凄く気持ちがいいです」

嬉しいと気持ちがいいってことなのかな？

前のマスターは、たくさんカナンを喜ばせてくれたってことだね。いい人だったんだな。

「マスターと、ずっと一緒にいさせてくださいね。マスターを私の肌に感じたいです。前のマスターがいなくなってから、誰にも私に触れてもらえなくて寂しかったです」

「う、うん、ペンダントを肌身離さずに持っていればいいってことだよね？　……けど、ちょっとその言い回しはやめよっか」

そう言うと、カナンはキョトンとして首をかしげながら僕を見た。

「なぜですか？　マスター、精霊が守護対象と一緒にいたいというのが不思議ですか？」

「なんか、カナンの言い方だと、とんでもなく誤解を生みそうだからね……。肌に触れてもらえなくて寂しいとかなんとか、人前でそんなこと言われたら困っちゃうよ」

僕がカナンにそういうことをしてるみたいじゃないか！　それに、僕が触りたくなっちゃったらどうするの？　今既に、ちょっとなってるよ⁉　だからそういうのは困るよ！

「ですがマスター、精霊は守護対象に触れられることで力をもらい、守護対象に触れることで力を与えます。肌に触れるのも、触れられるのも当たり前のことです」

カナンは真面目な顔をしてそう言った。

「だから私に触れてください、マスター」

そう言って微笑むと、僕の両手を取って、自分に近付けていく。

そ、そそそそ、そこは、オオオオオ、って、だ、だめだよカナン！　嫁入り前の女の子が、男の子相手にそんなことしちゃ!!

焦りながらも、混乱してしまった僕は、カナンにされるがままになっていた。カナンは僕の両手のひらで自分を挟むように――頬に触れさせて、ウットリと幸せそうに微笑んだ。

「……マスターの肌の感触。気持ちがいいです。これから私の加護をたくさん差し上げますね。マスターも、たくさん私を求めてください。マスターに、私を全部あげたい」

カナンの体がうっすらと光って、それと同時に僕の全身がポカポカしてくる。

あげたいってカナンの加護とか、力をって意味だよね？

う、うん、なんかもう、いいや……。

というか、ペンダントを肌身離さず持つのはいいけど、カナンはこうして外に出っ放しなのかな？　それは結構困るなあ。叔父さんにもなんて説明したらいいのか分からないよ。

「君はどうやったらペンダントに戻れるの？　人間は君みたいに飛べないから、ずっとそうして天井に浮かばれてると、持ち歩くのにちょっと困っちゃうんだけど」

「それでしたら、ペンダントの宝石の部分を優しく撫でてください。宝石の中に戻ります。私を呼び出したい時も、同じようにしてくだされば、すぐにお守りいたします」

「分かった、じゃあ、これからよろしくね、カナン。今日はいったん、さよならだね。用があったら、また呼び出すから」

そう言って、僕はペンダントの宝石部分を優しく撫でてやった。

すると急にカナンが身悶《みもだ》えしだす。

「あっ……！　マ、マスター……、んっ……。すっごく、気持ちいいです……。お願いです、そこ……を、もっと……、優しく撫でて……、くださ……、んんっ……！」

「ちょ、ちょおおお‼　え⁉　え⁉」

カナンは頬を染めながら、宝石が光ると同時に消えていった。

……もしかしてペンダントに触れるってことは、カナンからすれば、全身を直接撫でられてるようなものってことなの⁉　じゃあ僕はいったいカナンのどこを触ってたの？

やっぱり気持ちがいいって、――そういう意味なんじゃないかあ‼

なんなんだよ、精霊っておかしいよ‼

僕は思わず真っ赤になってしまった。

僕はカナンのペンダントを首から下げて、お祖父さまのアイテムボックスの中に２００番目の扉で見つけた長剣をしまってから、階段を上がって外に出た。

アイテムボックスの海の最初の入口から外に出た瞬間、頭の中に文字が浮かぶ。

これは、マジックバッグに移したアイテムのステータスだ。

中身が外に出たことが分かるのが不思議だった。

〈ワイバーンの皮〉

ワイバーンが生きたまま剥いだ上質な皮。

防具などの加工に向いている。

防御力：＋５００　　風耐性：＋５００

〈イビルドラゴンの皮〉

鉱山に生息する暴竜の皮。

防御力：＋３０００　　俊敏性：－１０００　　氷耐性：＋５０００　　火耐性：＋５０００

ド……ドラゴンだって⁉

イビルドラゴンていうのが何かは分からないけど、ドラゴンの種族が凄いことくらい僕でも分かるよ⁉

こんな田舎で手に入るなんて聞いたことがないよ。いくらなんでも、ここでそんな物を売ったら目立っちゃう。

それこそこの間の冒険者たちみたいな集団に、たくさん狙われる危険だってあるよね。

……残念だけど、今は売れないなあ……。

けど、貴族の集まりに出た時に、珍しい魔物の皮を手に入れたって自慢げに話してる人とかいたから、王都ならこういう素材も普通に取り引きしてるんだと思うんだよね。

王都の近くに寄ることがあったら、そこで売ってみようかな。

マジックバッグごと盗まれたら嫌だし、お祖父さまのアイテムボックスの中に一度戻しておこうっと。

それにしても、中に入れていた時には何も表示されなかったのに、今ステータスが見えたっていうことは、時空の海の中から取り出したっていうのが前提なのかな？

魚も出てきたら名前が分かったものね。

僕はいったんお祖父さまのアイテムボックスに引き返すと、先ほどお祖父さまのアイテムボックスに移した長剣をマジックバッグに入れて、もう一度外に出てみることにした。

やっぱり同じように、頭の中にステータスが浮かんだ。外に持ち出すとステータスが分かるという予想は合っているみたいだ。

するとさらに驚く出来事が起きた。豪華な宝飾のついた例の長剣がとんでもない代物《しろもの》だった。

〈英雄の剣〉
等級：古代伝説《エンシェントレジェンダリー》クラス　レベル：ＭＡＸ
攻撃力：＋１０００００　防御力：＋１０００００　俊敏性：＋３００００
知力：＋３００００　魔法防御：＋５００００　麻痺耐性：＋１００００
混乱耐性：＋１００００　魅了耐性：＋１００００　呪詛耐性：＋１００００

毒耐性：＋10000　　即死耐性：＋3000　　回復量上昇：＋3000
固有スキル：聖属性付与、経験値増加、所有者制限、装備者固定

これこそ売れないよ！

見たことも聞いたこともない装備だ！

これ１つで国が買えるよ!!

普通の人のステータスが２桁だって昔聞いたことがあるから、これを持っただけで跡形もなくすべてを破壊出来てしまう、それこそ伝説級武器だ。というか、この数値を超える攻撃をしてくる魔物や、このくらいないと倒せない魔物がいるってことなの!?　怖っ!!

普通の人が持っているのは、よくて希少クラス。最高クラスを使っている人でも凄いのに、古代伝説なんて、聞いたこともないよ？

僕はお祖父さまのアイテムボックスの中に、イビルドラゴンの皮と、古代伝説の英雄の剣をしまう。それから部屋へと戻って、アイテムボックスの海の扉を消した。

さ……流石に疲れた……。

きつ過ぎるよ、階段。

入浴を済ませ、ベッドに入りながらアイテムボックスの海のことを考える。

扉の外に出れば、素材の名前が分かるみたいだし、他の素材もそのうち調べて、売りに出そうっと。

他の扉には何が入っているのかなあ？

楽しみだ！

そんなことを考えていたら、ワクワクしてなかなか寝つけなかった。


次の日の朝、朝ご飯を食べながら、僕は叔父さんにワイバーンについて聞いてみることにした。

昨日見つけた素材のランクを知るためだ。

「叔父さん、昔、ワイバーンの皮で出来た胴当てをしてたでしょ？」

「よく覚えてるな。ああ。あれは俺が狩った物だ」

「ワイバーンって、クエストで言うと、ランクはどこなの？」

「Aランクだ」

「ゲホッ！　……ゲホッ……」

「だいじょうぶか？」

「う、うん……」

驚いて気管に入っちゃったよ。

ワイバーンがAランクだって⁉

そんなの絶対にこの近くで売れないよ！

一角ウサギの素材ですら売ったあとに狙われたっていうのに！　魚屋で稼ぐ前から目をつけられていたみたいだし。

……ワイバーンも王都行きだなあ……。

イビルドラゴンにワイバーン。

ランクの高い素材ばかりだ。

あのアイテムボックスの所有者はかなり強い冒険者だったみたいだな。

「じゃあ、イビルドラゴンって知ってる？」

「——イビルドラゴン？　なぜその名を知っている？」

「ヒ、ヒルデが、その、倒してみたいって言うからさ……」

ごめん、ヒルデ、名前を借りた。

「ああ。あの子か。イビルドラゴンはミスリルドラゴンと同じく鉱山、もしくは火山か雪山にいる魔物だ。このあたりには生息してないな」

「叔父さんは倒したことがあるの？」

「昔一度だけな。新たに鉱山が見つかった時に、採掘の邪魔になるから倒してくれという依頼を受けたことがあるんだ」

「ランクはいくつなの？」

「Sだな」

うわあ……。ワイバーンより高い……。売らなくて正解だったよ。

そういえば、かなり素材やアイテムの数が増えてきたし、管理出来る何かが欲しいよね。

売り上げを書いてまとめておけるような、そんな感じの物があればいいんだけど。

スキルでまとめて表示してくれれば楽なんだけどなあ。

アイテムボックスの海から出たら、アイテムの名前が分かったのは、そこで初めてスキルで出したことになったからだと思う。

名前を教えてくれるんだから、中に入っている物を、一覧にしてくれてもいいと思うんだけどなあ……。そのうちレベルが上がったら、出来るようになるんだろうか。

ラナおばさんはそういうのを使ってなかったし、税金納める時とかどうしてるんだろ？

そっちも考えないといけないよね。

家庭教師の先生との勉強に使ってた板は、書いて消すタイプの石板でかさばるから、それをたくさん持つわけにもいかないしな。

第八話　騎士道を汚した騎士

「……本当にだいじょうぶなのでしょうね。スキルの持ち主がどこの誰であるかという情報は、教会だけの秘匿事項なのですよ？」

フードを被った男と、教会の祭司の服装をした男が、小声で話し合っていた。

あたりは薄暗いが、辛《かろ》うじてお互いの顔が見える程度の明るさはある。

ここは王都にある、とある教会の地下だった。祭司は紙を束ねて本のようにした綴《つづ》りを胸に抱えて言う。これは、スキル鑑定に教会に来た子どもたちの、名前と所在地を一覧にした物だ。

この世界には神の祝福によりスキルというものが存在する。それは生きとし生けるものすべての魂に刻まれた能力であり、生まれながらにして必ず誰しもが持っているものだ。

そして、その力を使って人々を助けることを生業《なりわい》としている者たちがいる。それが、教会の祭司という聖職者たちだった。

教会は、聖魔法や復活のような、神の御業《みわざ》とされるスキルを持っている者たちを、国中から集めていた。

その者たちを教会が管理することで、より教会の力を増すことが出来ると考えたのだ。

だがしかし、その考えは至極に単純過ぎた。

一部の貴族や商人たちからの横やりが入った。自分たちの息のかかった者を、聖職者として送り込もうとしてきたのだ。

教会は国と対等な力を持つ組織だ。その中枢に自分たちの息がかかった人間がいれば、王族に強く出ることも可能になる。

教会は、それを断固拒否した。

そして、警戒すべき貴族に関わりのある者が入らないようにするために、スキルを鑑定する際に、どこの人間であるのかを調べることにしたのだ。

教会の寄付には税務申告がつきまとう。その申告と鑑定時に行われる身分証明を照合すれば、相手がどこの誰かが判明する。

所在と親が分かれば、派閥や関連する取り引き先などは簡単に割れる。教会に人が入る際は台帳と照らし合わせればいい。

台帳に名前のない人間は、孤児を商人や貴族が引き取って送り込もうとしている可能性が高い。すぐに怪しいと分かるのだ。

貴族や商人が力を持つことを恐れた王族により、すぐさま法律が制定され、教会での鑑定は強制事項とされた。

だが貴族たちは諦めなかった。

祭司になるために必要なスキルを持つ者たちが教会に所属したあとで、彼らを陥落させるため、働きかけることにしたのだ。

この祭司は商人の出だったが、親が貴族を相手にしている商人だった。祭司はそこに付け込まれ、取り引きを脅しの材料にされて、スキル保持者のリストを要求されていたのだった。

「これを渡さなければ、どうなるか分かっているだろう。逆に大人しく渡せば悪いようにはしない。いい加減諦めろ」

フードを被った男は、祭司の腕から強引に紙束をひったくった。

「……ななつに関連するスキルは、これですべてなんだな？」

「この1年以内に、という条件でしたらそうです。ですが、ななつ、という曖昧な条件が本当にスキルに関連するのかは、私からはなんとも申し上げられません」

「分かった。また何かあれば知らせる」

フードの男が去って行く。

祭司は早鐘を打つ心臓を胸の上から押さえながら、神よ……我を救いたまえ……と祈ったのだった。

「——スキルの情報は手に入ったか」

「首尾よく。——ああ、俺にもエールを」

「あいよ。エール1つ！」

フードの男が教会を出て向かった先は、さびれた酒場だった。こんな場末の店にはもったいない若い美人の店員がいて、こんな時でもなければ、からかってはしゃぎたいところだ。

フードの男を待ち構えていた髭面の男が、紙束を受け取るとパラパラとめくった。

「……過去に7人しかいないスキル、7人兄妹の末っ子……。こんなんばっかか」

「スキルそのものに7と入った者はいないと言っていましたよ」

フードの男が言う。

「まあ、レベル7となりゃ、魔法スキルだけだが、そこまで高レベルなものは神獣レベルだからな、それこそ持ってたら即、勇者認定だ」

髭面の男が言う。

「……そもそも基本的な魔法スキルに該当するのは、火魔法、水魔法、風魔法、土魔法、闇魔法、聖魔法、回復魔法、生活魔法の８つだ。７つじゃねえ。もし9だってんなら、これらとは別の魔法の持ち主の可能性もあるが……」

「召喚魔法とかですかね？」

「それでも7つにゃあ、当てはまらねえ。なんなんだ、ななつってのは……」

髭面の男が頭を掻きむしりながら言った。

「それでもこの中から、探し出すしかないんですよね。気が遠くなるや……」

フードの男も言う。

「お偉いさんの命令だからな。仕方がねえが、これがそもそも、数字の7って意味じゃなかったら、こいつら全員空振りってこった。嫌んなるぜ」

「命令するほうは気楽でいいですね」

「まったくだな。よし、手分けして明日からやろう。今日は前金で飲もうや」

「いいですね。やりましょう」

明日からの嫌な仕事を一瞬忘れるためにしこたま飲んだ2人は、その場で眠りこけてしまい、目が覚めたら紙束を含めたすべてを、全部盗まれてしまっていたのだった。

◇◆◇◆◇

今後商人として活動するために必要な知識を得ようと、僕は叔父さんに税金の納め方について尋ねていた。

「ねえ、叔父さん、商人の人たちって、売り上げをどう管理してるの？」

「売り上げの管理？」

「うん、税金納める時とか、どうしてるのかなって。あと、在庫管理だとか？　何かにまとめておかないと、分かんなくなっちゃうなって」

「税金は、冒険者だったら素材を売る時や、クエスト完了報酬を受け取る時に、冒険者ギルドが代行して集めて納めてくれるんだ」

「他の人たちはどうしてるの？」

「農民は収穫時期になったら、農作物を現物で納めているな」

「叔父さんも納めてるの？」

「俺は自分の食べる分しか作ってないから、農作物は納めていない。仕事が何かと聞かれたら今は狩人だな。狩った物を売らなきゃ固定の税金だけ納めたら終わりだ」

「ふうん……。商人は？」

「それは俺には分からない。商人ギルドに聞いてみたらどうだ」

「そっか、そうだね、分かった」

確かに。商人のことは商人ギルドに聞いたほうがいいよね。その時に、在庫を管理する方法も、分かるかもしれないし。

それから薪割りを手伝ったあとで、叔父さんに町まで送ってもらった。

薪割りは大変だから、今日は草むしりはないらしい。

実際だいぶ手と腰と背中が痛いよ。

叔父さんは慣れたらそうでもないって言うけど、慣れる気がしないや……。

早く稼いで、お風呂の魔道具を買ったほうがいいね。


町に着いてすぐ、僕は商人ギルドに立ち寄ることにした。

まだこの間登録したばかりだから、受付嬢のお姉さんも、僕のことを覚えていてくれたみたいで、ニッコリしてくれた。

初めて登録に来た時は、ツンと澄ました感じだったから、だいぶ印象が違って見える。

僕は受付嬢のお姉さんに、税金の納め方と在庫管理の方法について聞いてみた。

「露天商の皆さんって、どうやって税金を納めてるんですか？」

僕がそう聞くと、受付嬢のお姉さんはニッコリと微笑んだ。

「露天商は基本、税金はかからないんですよ。高い物を扱わない店ばかりで、生活に根付いた物を売っていますから。たとえば宝石や化粧品、本やマジックバッグなど生活に必要のない高い物を売り買いする時にだけ、売るほうにも買ったほうにも、税金を納めてもらうんです。冒険者ですとポーションは税の対象外ですが、スクロールは種類によってかかりますね」

なんと。奢侈《しゃし》税が高いってことか。

エロイーズさんに宝石を買う時に、８割が税金だって、父さまが言ってたっけなあ。

「ただし他の領地では国税とは別に地方税がかかります。その金額は領主ごとに異なります。この地域では取らないというだけですが」

なるほどね。僕らの住む場所だと、あまりお金のない人たちからは、たくさん税金を取らない仕組みってことだね。

ちなみに、基本自分たちが育てたり狩ったりした物を、露天で売る分には税金がかからないけど、冒険者ギルドや商人ギルドで売るには、売上に応じて税金がかかるんだって。

冒険者ギルドと商人ギルドが代わりに税金を徴収しているらしい。だからこの間売った一角ウサギの角なんかは、国税として税金が引かれた金額を手渡されたってことになる。

細工職人なんかが鉱物を仕入れるのにお金を使った場合は、やっぱりそこで税金を取られているけど、売る場合は小金貨１枚までなら地方税はかからないのだそう。

材料を仕入れる時は税金のかかる店舗から買って、売る時は安い物しか取り扱わない露天商で売るから、という違いだね。

細工品なんかは生活必需品じゃないから、少額販売品でも国税だけはかかるってことみたい。高い物は仕入れ先と販売先双方に、必ず国税と地方税がかかるそうだ。

加工品の素材となる鉱物は、まとめ売りが基本でお高くなるから、どうしても地方税がかかってしまうみたいだ。

「店舗をお貸しする時にお知らせしようと思ったのですが、店舗については特に税金は発生しません。借りる前提の場所ですので」

僕が昔行ってた店は確かに全部そうだな。

「売り上げと在庫の管理をしていただき、その金額に応じて一定額の税金を納めていただきます。納付先は商人ギルドです」

僕は自分で魚を獲りに行っているのと同じだし、値段も安いから、今の時点では地方税も国税も納めなくっていいってことだね。

あっ！　待てよ、そうだ、神の塩とランド魚があったじゃないか。あれは絶対地方税も取られているよね。取られた上であの値段なら、税金はいったい、いくらだったんだろ……。

「分かりました。それで今出た管理の話について教えていただきたいのですが、皆さんどうやって売り上げや、在庫を管理されてるんでしょうか？　何か管理出来るような物があるんですか？」

「はい、台帳だったり、専用の魔道具だったりですね。魔道具のほうが、ギルド側でも管理しやすいので、オススメしています」

「それはどこで買えますか？」

「商人ギルドで取り扱っていますよ。お求めになられますか？」

ちなみに中金貨1枚だそう。

うっ……。お高い……。

商人になったばかりの人には普通手が出ないよ。

帳面だと紙の束が紐でくくられた物で、1束銀貨3枚。在庫と売り上げ管理と仕入れ用でそれぞれ別々に必要になる。

だけど、魔道具に記録した物を渡せば、商人ギルドや国の処理が楽になるとかで、その分税制優遇措置が取られるらしい。

長い目で見たら、そっちのほうがお得だよね。僕はこの先バンバン稼ぐつもりでいるわけだし。

アイテムボックスの中から見つかるアイテムは、きっと高値がつくはずだ。

「では、記録用魔道具をお願いします」

僕は記録用魔道具を購入することにした。記録用魔道具には、映像や音声を記録する物と、文字を記録する物がある。

僕が購入したのは当然文字を記録する用の魔道具だ。中に水晶玉が入ってて、そこに保存されるから、税金の申告時は水晶玉を渡して、中の記録のみを別の水晶玉に移すのだ。中の水晶玉を変更すれば、別々の内容を記録出来るというので、在庫管理と、売り上げ管理と、仕入れ管理と、アイテムボックスの中身を記録する用に４つ購入した。

水晶玉１つ小金貨５枚。くっ……。

お高いけど、初期投資ってもんだよね。

塩を出せばいくらでも稼げるかもしれないけど、そこに頼ってちゃ駄目だ。

魚屋さんもうまくいってるし、ほんとにお金に困った時にだけ売ろう。いざとなればアイテムボックスの中身もあることだしね！

それからペンも購入した。インク壺《つぼ》のいらない魔道具タイプで、以前キャベンディッシュ侯爵家で使ってたのと同じだ。

インクが節約出来るというのもあるけど、インクが垂れないことが何より使いやすくていいんだよね。これも小金貨５枚だ。

これは扉に番号を書くために購入した。

普通のペンじゃあ、ちょっと壁とか扉なんかの、縦の物に字を書くのが難しいから。

試しに板に書かせてもらったけど、問題なく書くことが出来た。


買い物を終えて、ラナおばさんたちと合流した。

僕がいつも通り魚を売っていると、市場に先代王の訃報《ふほう》と、国葬が執り行われる知らせが流れた。

お客さんも露天商たちも一斉に黙祷《もくとう》を捧げた。

僕は一緒になって黙祷しながら、あれってやっぱり、先代王のアイテムボックスだったんだ……、と冷や汗を流していた。

黙祷が終わって、元通り市場が賑わい出す。みんな何事もなかったかのように商売を始めだしたので、僕も魚を売り始めた。

それにしても……忙しい!!

人手が欲しいなあ。

ヒルデは護衛で雇っているから、手伝わせるわけにもいかないしなあ。その間に変な人が来ても困るし。

誰か雇うべきだと思うけど、雇い主になってその人の生活の責任を僕が持つのはまだ怖い。だから、従業員として固定で雇うのはちょっと考えちゃう。

なんせ数時間しかやらないから、十分な稼ぎはあげられないしね。

かといって、うちの手伝いだけで生活出来るお金を余分に出すのは、なんか違うよね、流石に。

出せたとしても、出すべきじゃない。

ヒルデみたく掛け持ちでやりたいって人がいるのが、1番いいんだけどなあ。

今日も無事にすべてを売り終えると、買ったばかりのマジックバッグにタライをすべて入れた。

身軽って最高だね！

ヒルデに町の入口まで送ってもらって、叔父さんと一緒に家に帰ると、今日もさっそくアイテムボックスの海の探検を始めることにした。

とりあえず、お祖父さまのアイテムボックスの中身は売るつもりがないし、先代王のアイテムボックスの中身は稀少過ぎて売るのは不可能だ。

その２つは除いて、僕は最も近いところから順番に、アイテムボックスの中身を一覧にまとめることにした。

先代王の前に亡くなられた方のアイテムボックスは、かなり小さなスペースだった。

おそらく1番小さなマジックバッグ程度？

扉の向こうに、僕の胸くらいの高さの、四角いスペースがあった。

木こりかなんかやってたんだと思う。

仕事道具と思《おぼ》しき物が入ってて、あまり目ぼしい物がなかったから、記録用魔道具には、75番・木こり、とだけ記した。

扉にも魔道具のペンで、75と記入した。

これで記録用魔道具と照らし合わせれば、いちいち扉を数えて確認する必要がなくなるね。

その1つ手前は、75よりもう少し大きいけど、お祖父さまのアイテムボックスよりは狭かった。

おそらく冒険者をやっていた人だと思う。

中に冒険者登録証が入っていた。

アントン・スミスという名前だった。

寝袋とか、ランタンだとか、何かの毛皮だとか、解体用のナイフだとか、そんなのがぎっしりと詰まってた。

この人の物は売りやすそうだから、あとで外に持ち出して確認してみて、正確な一覧を作ろうっと。

78番・冒険者（売りやすい）と書いて、アイテムボックスの中身を、マジックバッグに移した。その次はおそらく料理人だ。お祖父さまと同じくらいの大きさの部屋で、丁寧に手入れされている調理器具が、所狭しと並んでる。

その人が作ったのだろう、美味しそうな料理もたくさん保管されていた。これはいつか大事に食べようっと。

81番・料理人（料理あり）と書いた。

思ったよりも1つ1つの部屋の中身が多い。目ぼしい物がある場所から優先して一覧にしていかないと、すべてを順番にやるのはしんどいな。まずはザッと部屋の中を見ていこう。

次の部屋からは順番に82番・冒険者（売りやすい）、83番・農民（収穫物たくさん）、84番・肉屋（肉たくさん）、と記入した。冒険者のアイテムはマジックバッグの中に入れていく。

アイテムボックスは年に1人くらいにしか与えられないスキルではあるけど、戦闘に役立つわけでも、持ってるからって職に就けるわけでもないスキルだそう。

だから割と普通の職業の人が多いんだな。

持ってれば職に就けるスキルだったら、中身がかなり偏ってたかも。

僕はマジックバッグのおかげで苦労はないけど、他の人はどうなんだろう？　お祖父さまみたいに、たくさんの荷物を運ぶために欲しかったりするのかな？

マジックバッグは高いから、平民ならあるとありがたいかな。いや、アイテムボックスだけもらっても困っちゃうか。それならマジックバッグを買えるだけのお金が稼げるスキルのほうがいいな。

次の部屋からは内容が少し変わった。

８５番・錬金術師（薬など多数）。扉の中に不思議な前開きの据え置きの箱が台の上にあって、そこに色んな物が保管されてる感じなんだ。

なんと箱の扉を開けるたびに、収納されている物の種類が変わるのだ。これ魔道具なのかな、アイテムボックスの中に、さらにアイテムボックスが入ってるみたいだよね。

最初に入った時は、だだっ広い空間にポツンとそれだけあって、違和感を覚えた僕がこの箱何かに使えるかな？　と思って、扉の開け閉めを繰り返していたら偶然気が付いたんだよね。

でも、僕はこのアイテムボックスの中に何が入ってるのかが分からないから、物を指定しようがない。なんとか取り出す方法を何かで調べないとなあ。

８６番・鍛冶職人（武器防具多数）、８８番・薬師（ポーション類多数）、８９番・大工（木材多め）とさっきまでと違う職業の人が続く。

８６番の鍛冶職人のアイテムボックスは結構当たりだった。珍しくて質のいい武器がたくさん入ってた。このまま武器屋が開けそうなくらいあるよ。

でもここにある分を売り切ったら終わっちゃうから、専門の店を作るほどじゃあないかなあ。

いい鍛冶職人を雇う機会があるなら別だけどさ。

売るにしても価値が分からないから、相場や武器の質を調べてからになるよね。

せっかく僕の財産になったのに、下手にどこかの店に持ち込んで、買い叩かれても困るしね。世間知らずじゃ騙されかねない。

そしてその次がなんと、９０番・商人（商品大量）、９１番・貴族（装飾品など高級品多数）。９２番・細工師（小さな宝石、金属類、アクセサリー等多数）。

ここの３つは宝箱みたいになってるよ！

見てるだけでワクワクする〜!!

あ〜あ、せめて僕に鑑定のスキルがあったらなあ……。いちいち調べなくて済むのに。

９１番の貴族のアイテムボックスは、先代王くらいの大きさの部屋で、とにかく高そうな物ばかりだった。

巨大な花瓶だとか、小さな装飾の宝石だとかがたくさん詰まってて、特にたくさんの古い上質な家具たちが目を引いた。

取り潰しの憂き目にでもあって、財産をすべて隠したんだろうか？　そのくらいの数がある。同じデザインのタンスが何個もあるし。

この大きさなら宝石も売りやすそうだし、古い家具は、手入れをして長く物を使う習慣のある貴族たちや成り上がり商人たちからの需要がかなり高い。

今は昔ほどいい家具職人がいないから、昔に作られた物のほうが人気があるんだよね。ルビリオっていう職人さんの作品なんかはかなり値が張ると聞いている。

昔ルビリオの家具を持っていた男爵家が、家具を譲ろうとしなかったせいで、一家惨殺事件にまで発展したことまであったとか。

侯爵家以上は滅多に家具を手放さないから代々同じ物を使ってるし、購入もしないのが普通で、基本家具屋と交流がないけど。

伯爵家以下や、取り潰しにあった家や、娘しかいなくて婚姻と同時に爵位を返上した家なんかは、家具が放出されるんだ。

そういう家の持ち物だったのかもね。

古物商をやるのもいいかもしれないな。

うん、夢が広がるね！

それにしても、かなり長生きしてる人がいるんだね。下のほうにもまだ明かりのついてる扉がところどころに存在してる。1番下に見える明かり以外だと、最後の明かりは132番目だった。つまりはその前後くらいの年齢まで生きてる人ということだ。

この国では田舎に行くほど、100歳以上の人も割といるって言うけど、たぶんこの人が最高齢だと思う。

「……どこに住んでるんだろう？　会えたら会ってみたいかも」

昔の話とか聞いてみたいよね！

もちろんアイテムボックスの海がこの国以外にも適応されているなら、他の国の人かもしれないけどさ。

なんて思っていたら、どうやらその、他の国の人の物と思しきアイテムボックスに当たった。

９５番・剣士（装備等）の部屋で一際目を引いたのは、二匹の海龍が剣を取り囲んだような紋章が縫い付けられたマントだ。この紋章はレグリオ王国だ。

おそらくレグリオ王国の騎士だったのだろう。この王国はマントの色で騎士の所属を表してるんだけど、青色は確か近衛騎士団だったはずだ。

――だけど、その紋章に大きく×が書かれている。騎士のマントの紋章に×が入れられるのは、騎士道を汚したということだと、うちの私設騎士団から聞いたことがある。

……でもいったいどうして？　近衛騎士なんて、よほど優秀でないとなれないものなのに。

そこで、お祖父さまのアイテムボックス同様に、小さな肖像画が入っているのを見つける。

「キレイな人だな……。奥さんかな？」

金髪に青い目の、美しい若い女性の姿絵だった。どこかで見たような気がしたんだけど、どうしても思い出せなかった。紋章入りの小刀も入っていたから、この人は貴族出身の騎士だったんだろう。ますますもってマントに×をつけられる理由が謎だった。

「さてと、こんなものかな？　流石に疲れたや……。今日はこのへんにしとこうっと」

アイテムボックスを見て、扉と記録用魔道具に記録を残すだけとはいえ、かなり下まで階段を下りてきているんだよね。

このまま部屋の中で横になったら、寝てしまいそうだ。

アイテムボックスの海から出ると、マジックバッグの中身がリストとして表示される。

持ち出したのは、７８番・冒険者（売りやすい）と、８２番・冒険者（売りやすい）のアイテムボックスの中身だ。細かく確認する前にまとめてマジックバッグに移したから気付かなかったけど、予想以上にとんでもない物がたくさん入っていた。

解呪の指輪やら聖水やらに、オリハルコンなんかの希少金属。

低位から高位の物までと思われるたくさんの魔物の素材たち。

はては妖精の粉に、生命の根源の欠片《かけら》、エルフの秘薬、ドワーフの酒、おまけに世界樹の葉。

僕だって名前くらい知ってる凄い素材ばかりだったのだ。

他にもなんか聞いたことのない物や、珍しそうな物も結構あった。

簡単に売れそうと思って持ってきたけど、ちょっと考えないと駄目かもしれない。

それにしてもずいぶんと集めたんだなあ。

持ち主は売ろうと思わなかったのかな？　それとも売るのも面倒だったのかな？

レベルの高い冒険者は、たくさんお金を持っている。スライムのしずくを精算しても、もらえるお金が少ないから入れっぱなしにするように、この人もそうしてたのかもね。

このたくさんの素材を使って、僕の冒険者ランクが上げられるかもしれない。たぶんこれ、討伐証明部位があるはずだから。

それに魔物の素材はクエストがあれば受けて、さらに素材を売ったほうが儲かるって叔父さんが言ってたよね。今度冒険者ギルドのクエスト掲示板を確認しなきゃね！

僕は結果にいたく満足すると、アイテムボックスの海を消した。

そしていつものように叔父さんと夕ご飯を一緒に作って食べて、お風呂に入って本の続きを読んで寝たのだった。


次の日の朝は土を耕した。

ここには前のと違う作物を植える予定らしい。なんでも同じ野菜を連続して育てると、うまく育たなくなることがあるんだって。

叔父さんは自分が食べる分を作っているだけだから、専門家というわけじゃないけど、それでもそうするだけでもかなり違うとか。

難しいんだな、生きるって……。

叔父さんはたくさん土地を持っているからそんなことも出来るけど、僕が1人で住むところと小さな土地を与えられてたら、たぶんよく分からずに植えちゃって、作物を駄目にしてたかもしれないな。それで飢えて困ったかもしれないよね。つくづく叔父さんがいてくれてよかったよ。

「ふう！　結構きついね！」

「だろう。年をとってくると腰をやられる。気を付けろ。いい感じの力の入れ方を学ぶんだな。こんな感じだ」

そう言って、叔父さんが鍬《くわ》の振るい方の手本を見せてくれる。

「こうだね？」

「いいぞ。なかなか筋がいい」

「えへへ」

それからしばらく、お茶を飲んで水分補給をしながら畑を耕し続けた。

お昼ご飯を食べたら、今日も叔父さんに町に送って行ってもらう。


今日はいつもよりも少し早い時間に町に着いた。まだ店を始めるまでには時間があったから、僕は冒険者ギルドで、納品クエストがないか確認してみることにした。

僕の持っているアイテムを納品出来れば冒険者レベルが上がるからね！

レベルは上げといて損はないって、叔父さんも言ってたし。

掲示板の貼り紙を見たけど、スライムは討伐クエスト自体ないなあ……。普通に素材を買い取ってもらうしかないかも。

わざわざ依頼が入るほど、討伐が必要とされてないんだろうね。初心者でも狩れるくらい1番弱い部類に入る魔物だから。他の魔物の討伐のついでに倒されるか、経験値稼ぎ目的で、初心者が頼まれなくても狩るかするだろうし。

討伐クエストや納品クエストがある時は、クエスト完了の報奨金分が追加になるから、そっちのほうが普通に売るよりも儲かるって叔父さんが言ってた。だから単純に売るよりも、出来ればクエストを受けたかったけど、スライムは諦めるしかないね。

えっと、一角ウサギの角は、と……。

――あった!!　一角ウサギの角１０本！

僕は壁から納品クエストの受注票をペリペリと引っ剥がした。

「これをお願いします！　ついでにそのまま納品出来ますか？」

受付嬢のお姉さんに受注票を手渡す。

「一角ウサギの角ですね？　はい、こちらでも可能ですよ」

お姉さんが笑顔でハンコを押してくれる。

一角ウサギの角は薬の材料にもなるから、割と定期的に取り引きのある物なんだそう。

だから狩りやすい魔物の中では、稼げる魔物として人気が高いんだって。

とは言っても、すばしっこいから、普通は数を集めるのが難しく、たまに納品クエストがあるらしい。レベルが上がってくると、下位の魔物をついでに狩ることもある。先に素材を集めておいて、クエスト発生に合わせて納品する冒険者もいるから、こんな風に同時申請での受注も可能なんだと、叔父さんが教えてくれた。

角1つにつき、小金貨1枚、それに加えて納品クエストの報奨金が銀貨5枚。全部で中金貨1枚と銀貨5枚を受け取った。

今回はレベルアップしなかったけど、レベルアップすれば他の魔物の素材も売れるようになる。上のランクの納品クエストには、アイテムボックスの中にあった、ジャイアントバットとか、ダイアウルフとか、ポイズンフロッグとか、キラービーがあるんだよね。

1つ上がるだけでクエストが受けられるようになるから、早く上がりたいなあ。

ソロだと受けられるクエストレベルが、結構限定されちゃうんだよね。

第九話　襲われた魚屋

冒険者ギルドから出て、ラナおばさんたちと合流する。

ヒルデは午前中のクエストで、よほどお腹がすいたらしく、肉の焼串を8本も指の間に挟んで持っていた。メチャクチャ嬉しそうだ。

美味しそうに食べている姿が可愛らしい。

やっぱりヒルデって美人だよね。大口開けてご飯を食べる女の子なんて、今まで僕の周りにはいなかったから、なんか新鮮だな。

今日も魚屋さんは大盛況だ。常連さんもついてきた気がするよ。

でも、僕がてんてこ舞いになりながら、一生懸命魚を売っていたら、ヒルデが突然鋭い目つきで、僕の前に立った。そして双剣で飛んできた何かを打ち払う。

え？　な、何？

呆然とした次の瞬間。

――ビシャッ!!

ヒルデが切り捨てて叩き落しきれなかった何かが、僕の顔面にぶち当たる。冷たっ!!

僕は顔に当たったその何かに指で触れ、指先についた物と足元に落ちた物を確認した。

何これ、泥団子……？

泥団子の飛んできた方向を、お客さんたちも、なんだなんだと振り返って見ている。

可愛らしい女の子が男の子の服の裾を引っ張って止めようとしている。男の子は、いくつもの泥団子を片手で胸に抱えて、今まさに次を投げつけようと、僕を睨んでいた。

「やめなさいよ、ルーク!!」

「お前が……、お前が僕たちの邪魔をするから、僕らの魚が売れなくなったんだぞ！」

「わっ、ちょっ！」

女の子の制止の声も聞かず、ルークと呼ばれた男の子は、再び泥団子を投げてきた。泥団子がお客さまたちに当たって悲鳴があがる。

この子たち……、僕が市場で以前見かけた魚を売ってた子たちか！

「なんだよ！　はなせよ！」

ヒルデがタライを飛び越えて、男の子の両手首をガッチリとホールドする。

男の子は泥団子を取り落とし、ヒルデに掴まれて身動き出来ない状態のまま、逃げ出そうと体を何度も引っ張った。けど大人の男でも勝てない、怪力のヒルデはびくともしない。

「あんたたち、魚屋をやってたの？　自分たちのところの商品が売れないからって、こっちに嫌がらせ？　呆れたわね」

ヒルデがため息をつく。

ラナおばさんが、ふう、とため息をついて茶髪に茶色い目の男の子に近寄ると、男の子の目線にしゃがみ込んだ。

「ぼうや？　市場で店を出している人間が揉め事を起こしたら、子どもでも店ごと出入り禁止になるんだよ？　分かっているのかい？」

ラナおばさんがたしなめるが、男の子はソッポを向いた。

「あんたのお父さんかお母さんが、最初に店を借りる時に説明を受けているはずだ。おうちに帰って聞いてごらん。困るのはあんたの親御さんだよ？」

「親なんていねえよ！　みんなの食べ物を買うための、大事な稼ぎだったのに……！」

ラナおばさんが言葉を続けると、男の子は叫んだ。

「こんな値段で売られたら、二度と僕らの魚が売れなくなっちゃうじゃんか!!」

そして悔しそうに泣き出してしまった。

「ルーク……」

明るい茶髪に青い目の女の子のほうも泣きそうだ。

この子たち、ひょっとして孤児なのかな。

ヒルデも男の子の視線の高さにしゃがむ。

「あのねえ……。ここの市場にどれだけ同じ業種のお店があると思ってんの？　今まで他に魚屋がなかったのなんて、たまたまよ。この国は新鮮な魚が手に入りにくいのよ？　あれば売れるんだから、ここだっていつライバルが現れるとも限らないの。普段からたまに行商に来てる魚屋だっているじゃない。その人にも泥団子を投げるの？」

呆れたようにヒルデが言った。

「そうよ？　私たちのお店だって、他にたくさんの肉の焼串のお店があるわ。だけど味の魅力で、こんな端っこまで来てくれるお客さんがいるのよ。みんなそんなことで、いちいち文句なんて言わないわ。言いがかりというものよ？」

ポーリンさんも眉を下げながら言う。

ルークくんは3人がかりで説得されても、なおも反抗する。

「う……うるさい！　うるさい、うるさい、うるさーい!!　全員邪魔してやる！　親のいる奴には分かんねーんだよ！　僕らがどんだけ食べ物に困ってんのか！」

そうルークくんが叫ぶと、女の子も悲しそうに顔を下げた。

「——僕もいないよ？　親。君たちと同じで捨てられたんだ」

僕はそう言って笑った。

これまで騒がしかったあたりが静まり返る。

女の子もルークくんも、え？　という表情になって僕を見上げる。

「ほ、ほんとか？」

「うん、こんなことで嘘は言わないよ」

ルーク君はまだ疑わしそうな視線を僕に向けて来た。

確かに僕は、この子たちと違って、古着ではあるけど繕われてない、サイズピッタリの服を着ているし、叔父さんもいるから、だいぶ恵まれている立場だと思う。

それにスキルのおかげでお金を稼げるし、正直この子たちの気持ちを完全に理解出来るわけではないけど、まずは敵意をといてもらわないとね。

それにしてもこの子たち、ご両親に頼まれてお手伝いをしているんだろうと思っていたけど、親がいなかったのか。

だとしたらうちの国で獲れないはずの魚を、子どもたちだけでどうやって獲ってたんだろう？　孤児院のシスターが漁を？　まさかね。

海のあるところまで、子どもたちだけで行っていたとは考えにくいし、漁師さんが分けてくれたとか？　ううん……、でも隣の国からわざわざこんなところまで？

それもちょっと考えにくいなあ。あっ!!　そうか！　たまに海の魚が間違えて川を遡ってきちゃうことがあると聞いたことがあるよ。

この子たちはそれを捕まえてたのかな？

迷子になって戻れなくて、そのまま川にいたんだろうけど、本来海の魚だから、上流に行く頃にはグッタリしちゃってて、子どもたちでも獲れたってことなのかもね。

だから新鮮ではあるけど、どうりであんなにグッタリした魚だったんだな。でも、だとしたらそんなには数が獲れないよね？

「こんなことしちゃってごめんなさい……。でも私たちには本当に、とっても大切な収入源だったから……川で手に入れられる貴重な海の魚なの」

女の子が悲しげな声で、申し訳なさそうに言う。

やっぱりそういうことだったのか。

教会の収入源の大半は貴族の寄付だものね。それが少なければ当然子どもたちはお腹をすかせることになるだろう。この領地はどう考えても収入が多いほうじゃないから、貴族からの寄付も少なく、困窮しているのだろう。

「――あの、こんなこと言うのおかしいって分かってます。でもみんなのご飯がかかってるんです。ここにお店を出さないでとはもう言いません。だから、代わりに私たちをこの店で雇ってくれませんか!?」

「えっ？　僕の店に？」

「ミア!?　何を言い出すんだよ!?」

女の子のほうはミアちゃんって言うんだね。

ミアちゃんは泣きそうになりながら、俯いてスカートの裾をギュッと両手で握りしめた。

「あのさ……、君たちって、普段どんな魚をいくらで、何匹くらい売ってるの？」

僕は２人に尋ねる。

「ロアーズ魚を１匹あたり銀貨２枚、アローア魚を１匹あたり銀貨１枚と銅貨２枚で売っています。それを週１回くらい売りに来ています。たくさん獲れた時は２回です」

「いつも、どっちも、たくさん獲れても１０匹ずつくらいしか獲れないんだけど、それでも僕らには大切な収入源なんだ！」

ミアちゃんとルークくんが、それぞれ普段の稼ぎを教えてくれる。

ふむ、なるほどね。

「それなら、全部で銀貨32枚だよね？　じゃあさ、僕がその分のお金を君たちに払うから、僕の店を手伝ってくれない？」

「「えっ？」」

ルークくんとミアちゃんが、僕の顔を驚いたように見上げている。

「うちのお店、見ての通り流行っててさ。おまけにこれだけの数の魚を売っているから、僕もちょうど、魚屋をお手伝いしてくれる人が欲しかったんだ」

「え、えと……」

予想外だったのか、ルークくんは困ったように少し年上のミアちゃんを見つめている。

「君たちの稼ぎは変わらない。だけど獲ったお魚は、売らなくなった分、君たちの食卓に並ぶことになる。僕のお店を手伝ったほうが、オトクだと思わない？　どうかな？」

僕は人差し指を立ててニッコリと笑った。

「出来れば毎日来てほしいから、よければお金の他にうちのお魚もあげるよ」

「ほ、ほんとか!?　ミア！　ご飯が豪華になるぞ！」

「え、で、でも、お魚高いんじゃ……」

ミアちゃんは遠慮がちだ。

「僕はたくさん仕入れているからだいじょうぶだよ。君たちよりも安く売ってるくらいだしね。ぜんぜん大したことじゃないよ」

なにせ、元手はタダだ。

毎日のお手伝いの代金を、すべてお金で渡してもいいかどうかは、シスターの考えもあるだろうから、聞いてみてからじゃないとちょっとね。近々会いに行ってみようっと。

それにしても、1日の売上が、普段のラナおばさんの店の1週間分と同じなんだもん。子どもがそんな大金持っててよく無事だったよね。

あとでどうやって帰ってるのか、聞いたほうがいいよね、これ。僕の魚まで追加になったことで、狙われちゃったら大変だもの。

「ちなみに子どもたちは何人いるの？」

「子どもはぜんぶで23人です。あと、シスターが2人います」

「じゃあ、25人分の魚をお手伝いに来た日は毎日あげるよ。それとは別に、週に1回、小金貨3枚と銀貨2枚。それでよければ、今日からでも手伝ってもらえないかな？」

「子どもが稼ぐお金としては、高過ぎるくらいじゃない？　あんたたち、ここで引き受けなかったら損するわよ？」

ヒルデが、掴んだままだった、ルークくんの手首を掴む手を緩めて、ルークくんを解放しながら言う。

「ミア……」

ルークくんがミアちゃんを見つめている。

決定権はミアちゃんが持っているのかな？

「はい、ぜひ、お願いします」

ミアちゃんがそう言って頭を下げた。

それを見たルークくんも、慌てて真似するように、ピョコッと頭を下げた。

僕はお金を数える道具の使い方を2人に教えて、さっそく2人にも手伝ってもらうことにした。

うまいこと話がまとまって安心したのか、パチパチと拍手をしながら、お客さんが2人に頑張れよーと声をかけてくれた。

ルークくんとミアちゃんは、ちょっと照れていた。ルークくんが、僕の服の裾を引っ張って、ソッポを向いている。

「どうしたの？」

「あの……、その、ごめんなさい……」

恥ずかしいけど、頑張って謝ってくれたルークくん。僕は思わずルークくんの頭を撫でた。

え？　何!?　とルーク君が慌てている。

泥団子を投げつけられたにもかかわらず、ニコニコしている僕のことが、ルークくんは不思議でたまらないらしく、撫でられた頭を押さえて、ハテナを顔に浮かべてる。

ルークくん、可愛いなあ。リアムより小さいから余計に可愛らしく見える。リアムは今頃何してるだろうか。会いたいなあ……。

ちょっぴり感傷的になりつつも、ミアちゃんとルークくんに、お店を手伝ってもらう。

今日からお手伝いさんが2人もいるから、少しは楽になるね。

「は、はい、エノー2匹ですね！」

「その場で焼いて食べたい人は、お隣のお店でお願いします！」

「アローア魚1匹、銅貨6枚です！」

お金の計算は普段もしているから、二人ともお金を数える道具の使い方は問題なかった。でも、2人ともお客さんの多さに大慌てだった。2人の普段の売ってる魚の10倍の量だもんね。

目に見えてアワアワしてるから、ゆっくりでだいじょうぶだよ！　って声をかけたけど、耳に入ってないみたいだった。

「お、終わった……」

思わず地面に体を投げ出して横たわるルークくん。ミアちゃんも肩で息をしている。

「お疲れさま2人とも。ほんとにありがとね。凄く助かったよ」

僕がそう声をかけると、恥ずかしそうに、へへへ、と笑った。どうやらすっかり打ち解けたかも。

「小さいのに、よく頑張ったね。ほら、これはご褒美だよ。うちの肉の焼串さ。よかったら食べとくれ」

ラナおばさんが笑顔で肉の焼串を差し出してくれる。ルークくんは見た途端にヨダレを垂らしたけど、ミアちゃんを振り返って、無言で食べてもいい？　って、顔だけで聞いている。

「ありがとうございます」

「ありがとう！」

「どういたしまして」

ミアちゃんがお礼を言って、ラナおばさんから肉の焼串を受け取ったのを見てから、ルークくんも安心して手を伸ばしていた。

「――何これ……！　美味しい！」

「うまい！　こんなの、はじめて食べた！」

2人とも、ラナおばさんの肉の焼串のうまさに、目をキラキラさせて喜んでいる。

そうだろう、そうだろう？　と、ラナおばさんも嬉しそうだ。

「ラナおばさん、ごめんなさい、僕、ちょっと買いたい物があるから、2人を任せてもいいですか？　ヒルデはついて来て」

「ああ。構わないよ。じゃあ、アレックスが戻るまでに、今のうちにタライを洗っちまおうかね」

ラナおばさんが、ミアちゃんとルークくんを連れて、井戸までタライを運んで行く。

運んであげるわ、とヒルデが残りのタライを重ねて運んでくれた。2人はヒルデの力持ちっぷりに目を丸くしていたよ。

僕がヒルデを連れて買い物から戻ってくると、ちょうど2人がタライを洗い終えたところだった。

「おまたせ。――はい、2人にこれをあげるよ」

僕は買って来たばかりのマジックバッグを2人に手渡そうとした。

小さい子が魚を持ち運ぶのは大変だろうなと思って買って来たんだ。

「まさかこれ、マジックバッグですか？　こんな高い物……！」

ミアちゃんは恐縮して受け取ろうとしてくれない。

「1番小さい物だから、安心してよ。あんまり高い物を子どもが持ち歩いてたら、狙われちゃうかもしれないからね」

「で、でも……」

「2人にはこれからも頑張ってもらうつもりだから、先行投資だと思ってよ。それと、約束の魚だよ」

僕は、エノー、と言って、エノーを25匹思い浮かべた。僕の目の前が発光する。

それをミアちゃんとルークくんが、キラキラした目で見上げた。

眩しい光の奔流に包まれて、僕よりも背の高い木で出来た扉が現れて、手も触れていないのに、扉が勝手に開いていく。

「2人とも、マジックバッグの蓋を開けて？　直接魚が入るよ！」

「え？　え？　え？」

ミアちゃんとルークくんが、慌ててマジックバッグの蓋を開ける。

驚く2人のマジックバッグの中に、泳ぐようにエノーが吸い込まれていく。

ちょっと幻想的な光景に、2人はすっかり大喜びだった。

「凄い！　魚が空を泳いでた！」

「キレイ……このスキルはアイテムボックスですか？　初めて見ました」

「うん。それは今日の分だよ。明日はなんの魚がいいか、みんなで相談しといてね」

「え？　私たちが選べるの？」

ミアちゃんが驚いている。

「うん、毎日同じじゃ、飽きちゃうでしょ？　２人が来てくれたから、お店のほうも種類を増やそうかなって思ってさ」

「わ、分かりました。シスターに聞いてみます！」

ミアちゃんがそう言ってくれる。

「ついでに売るならいくらにするのかも、聞いておいてもらえると助かるな」

そうしないと、僕には魚の相場が分からないからね。知ってる人から教えてもらえるとこちらも助かる。

ミアちゃんがうなずいてくれた。

僕はみんなと店を片付けると、ヒルデと一緒に２人と町の入口まで歩いて、明日もよろしくね、と手を振って別れた。

◇　◆　◇　◆　◇

そんな彼らを、誰にも気付かれずに影から見守っている存在が１つ。

「――ついに見つけた。流石私。変装擬態のコバルト。さっそくジャックさまに報告」

懐《ふところ》から取り出した魔道具を見て、目をキラーンと輝かせている無表情な背の低い子。

「ジャックさま、見つけました。アレックスさまです」

「――分かった。お前は引き続き、護衛を兼ねてアレックスさまを見張るように。決して片時も目を離してはならない」

「了解」

コバルトは短くそう答えて、魔道具の通信を切った。

◇◆◇◆◇

次の日、僕が店を出している場所の向かいに、新しくお店が出来ていた。

お店に看板がついているところは少ないいんだけど、手書きでリュウメンって書いてあるよ。なんだろ、リュウメンって？　食べ物かな？

店主さんは僕と同い年か、ちょっと年下くらいの、灰色の髪に青い目の、ふっくらと膨らんだ、くりくりのくせ毛の、可愛らしい男の子だった。仲良くなれたらいいなあ。

「……ふふふ、私が変装擬態のコバルトだと誰も気付いていない。私の変装は完璧。こんな時のために、リュウメンの研究をしておいてよかった。お店、頑張る」

声が小さくてよく聞き取れないけど、すっごくドヤ顔でこっちを見ながら何か言っているよ。知り合いとかじゃないよね？

でも気になるなあ、リュウメン。ミアちゃんとルークくんもじっとお店を見ている。

「……まだ、お店始まらないわよね？　ちょっとあれ、食べて来てもいい？」

見慣れない食べ物に、ヒルデが興味津々だ。つばを飲み込む音がする。

「いいよ。ていうか、一口もらえないかな？　お昼ごはん食べてきちゃったから、ぜんぶは入らないけど、僕もちょっと興味があるんだ。食べてみたくて……」

「別にいいけど？」

ヒルデがそう言ってくれた。

「ミアちゃんとルークくんも食べてみる？　お金は僕が出すからさ」

「え？　わ、私たちですか？」

「いいの!?」

お腹を鳴らしつつも遠慮がちなミアちゃんと、素直に喜ぶルークくん。

「うん、なんかお腹すかせてるみたいだし。お昼ご飯、食べて来なかったの？」

それを聞いて、ミアちゃんとルークくんは顔を見合わせて表情を暗くした。

「食べて来たけど……」

「……いつも私たち、お腹いっぱいは、食べられないから……」

「そっか……」

「あ、でも、昨日の魚、うまかった！　みんな喜んでたよ！」

「こら、ルーク、美味しかった、でしょ？」

「あ、ごめん……」

「ううん、いいよいいよ。じゃあ、食べよっか。2人とも1人前食べ切れる？」

「じゃあ、2人で1つお願いします」

「分かった」

僕はヒルデとミアちゃん、ルークくんとともに、リュウメン屋さんの前に立った。

見慣れない食べ物だからか、通りかかる人々も気になってはいるみたいだけど、遠巻きに店を眺めてる。

「私たちも食べてみようかねえ。ポーリン、はんぶんこにしないかい？」

「いいわね！　食べましょう！」

ラナおばさんとポーリンさんも食べようと決めたところで、僕たちは揃ってリュウメン屋さんに行くことにした。

「すみませーん！　これっていくらですか？　あの……？　お兄さん？」

「アレックスさま、顔が近い。恥ずかしい。でも平常心」

また何かボソボソ言っている。

「すみません、リュウメンを3つ、お願いしたいんですけど……。いくらで……」

「――リュウメン3つ、了解」

僕の言葉に、男の子はポカンとしたまま、しばらく何を言われているのか分からない様子だった。

ようやく声が届いたのか、男の子はすぐに何事もなかったかのように料理を始めた。

いやいやいや。何でもないフリは無理あるよ？

「リュウメン３つ。おまちどうさま」

「ありがとうございます。いくらですか？」

そういや、結局頼む前に値段聞けなかったな。

「３つで銀貨３枚」

「え？　そんなにするんですか⁉」

ミアちゃんが驚いている。

「日による。材料、仕入れ。だから時価」

それで値段が書いてなかったのか……。

「はい、じゃあ、銀貨３枚」

「まいど」

「え？　私たちの分もですか？」

「悪いよ、すぐに払うから」

ポーリンさんとラナおばさんが、自分たちの分を払ってもらったことに気付いて慌てて財布を取り出そうとする。

「いえ、だいじょうぶです。日頃のお礼に奢らせてください」

「でも、お金は払ってもらってるわ。それは仕事だから当たり前のことよ？」

ヒルデが言う。

「でも、みんなが助けてくれなかったら、僕はこのお店をやれていないもの。だからお礼と思って受け取って。そう考えたら、大した値段じゃないでしょ？」

「まあ、そういうことなら……」

「ありがたく受け取ろうかね」

ポーリンさん、ラナおばさんがそう言った。

僕が銀貨を差し出す時、男の子に手が触れた瞬間、男の子が無表情にビクッとする。

「アレックスさまと手が触れた。恥ずかしい。でも、私が変装擬態のコバルトということは、気付かれていないはず。問題ない。平常心」

何やら男の子が言っていたけど、ルーク君の声にかき消される。

「アレックス！　僕のも少しあげる！」

「ありがとうございます。ごちそうになります」

ミアちゃんも嬉しそうだ。

「……ほら、一口食べるんでしょ？　先にどうぞ？」

ヒルデが恥ずかしそうにリュウメンをフォークですくって差し出す。

え？　じ、自分で食べられるけど……。

まあいいや。

リュウメンは、スープに浮かんだパスタのような物だった。ズズッ……。

……？　やけに店主の男の子にジロジロ見られてるなあ。なんだろ？　男の子は僕がヒルデから一口もらうのを見た途端、注文も入っていないのに、新しくリュウメンを作り出した。

「お、美味しい――!!　何これ！　お兄さん、これ美味しいよ！」

一口食べただけなのに、ちょっぴり汗が噴き出てくる。独特の香辛料がきいた味だ。

「よかった。嬉しい」

無表情のまま、ほんのり頬を染めて、店主の男の子も嬉しそうだ。

「ほんとだ！　すっごく美味しい!!」

「ミアばっか食べないでよぅ」

「どこの国の食べ物なのかしら？　初めて食べるわね」

ミアちゃん、ルークくん、ポーリンさんも美味しそうにリュウメンをすすっている。

「どこかの国で、スープに浮いたパスタを食べる国があると聞いたけど、ひょっとしたらそこの料理かねえ？　ほんとに美味しいよ！」

ラナおばさんがそう言った。

「――リュウメンって、どこの国の料理なんですか？　凄く美味しいですけど。むごっ!?」

「美味しいなら、もっと……食べて。一口じゃ分からない。スープも飲んで」

そう言って、僕の口にいきなりフォークですくったリュウメンを突っ込む。

あっつ!!

冷ましてないから熱いって!!

「じ、自分で食べれま……」

僕が深皿を受け取ろうとすると、その手を制して、再び食べさせようとしてくる。

「だめ。あーん」

頬を染めた顔で上目遣いで見上げられる。

ええ……。

せめて冷ましてほしいよ……。

「美味しい？」

「お、美味しいです。あの、お金払いますよ？」

「いい。気に入ったらまた食べに来て」

「分かりました。ぜひまた来ますね！」

そう言うと、男の子は嬉しそうにコックリとうなずいた。

「アレックスさまに食べてもらえた。嬉しい。もっと食べてほしい。まだある。もっと……食べて？」

なんでそんなに僕に食べさせたいの？

「あ、あの、お昼ごはん食べてきちゃったんで、ぜんぶは、その……」

流石にお腹いっぱいだよ！

「そう。残念。残り、自分で食べる」

そう言って、男の子はリュウメンをすすると、ズズッとスープを飲み干した。

あ、そこ、僕が口をつけたとこ……。

まあ、いいか。

「美味しい。いつもより。どうして？　ドキドキする。恥ずかしい。どうして？」

飲み干した深皿を手にしたまま、見つめている男の子。――どうしたんだろ？

「じゃあ、僕たちは行きますね。ご近所さんですし、一緒に頑張りましょうね！」

コクッ。男の子がうなずいた。

「頑張る」

店主の男の子がうなずいたと同時に、リュウメンを求めるお客さんが殺到《さっとう》して、大騒ぎになってしまったので、僕たちは自分の店に戻ることにした。


「凄く美味しかったわね！　銀貨1枚は高いけど、また食べたいわあ……」

ポーリンさんはうっとりしている。

「贅沢な外食としては、銀貨1枚は安いんじゃないかい？　父ちゃんにナイショで、月に2回くらいは来たいねえ」

ラナおばさんも盛り上がっていた。

市場の端っこだっていうのに、僕の店とラナおばさんの店、そして男の子のリュウメン屋さんで、人がごった返している。

こうなると端っこでよかったかもね。

人が集まっても他の店の邪魔になりにくいもの。

なんならこの3つのお店に来るついでに、近所の店を覗いたり、買い物したりするお客さんも増えてる。

感謝こそすれ、文句は言われないかもしれないな。今まで暇だったわけだしね。

リュウメン屋さんは大人気で、あっという間にスープが売り切れて閉店していた。

僕のお店も売り切れたから、早々に店じまいだ。今日はアローア魚が欲しいと、ミアちゃんに言われたので、2人のマジックバッグの中に25匹入れてあげた。

売るとなれば、これだけで小金貨3枚にもなる。

現金まで渡さなくてもいいんじゃないの？　とヒルデに言われたんだけど、現金じゃないと買えない物もあるからね。

僕のほうは元手がタダだし。売ったお金を渡すのなら、もちろん高過ぎるだろうけど。

お金を渡し過ぎずに、ご飯を食べてもらおうと思ったら、これが1番いいと思うんだ。

町の入口に着き、ヒルデとミアちゃんとルークくんに、明日明後日はお休みだから、と伝えてから、手を振って別れる。

ラナおばさんとポーリンさんは、売り切れるまで店を開けるつもりみたいで、まだ市場に残ってた。

市場自体が休みなのは明後日だけだから、別に明日は休まなくてもいいんだけどね。

休みにしたのは、朝の時点で叔父さんから、明日1日あけといてくれって言われているからなんだ。

叔父さんと馬車に揺られていると、叔父さんが僕の臭いをかいでくる。

「今日はずいぶん忙しかったんだな」

「え？　そんなこともないよ？」

「そうなのか？　なんか汗臭いぞ？」

ええっ⁉　あ、汗臭いの？　僕⁉

「きっとリュウメンを食べた時だ！　みんなメチャクチャ汗をかいたもの」

「リュウメン？　リーグラ王国の国民食じゃないか。食べたのか？」

リーグラ王国は独自の文化が発展した、海に面した歴史の長い大国で、獣人の国とも関わりの深い国だ。

「うん、屋台が市場に出てたから」

「そうか。あれはうまいよな。俺も今度そこに食べに行くとするか」

叔父さんは楽しそうに笑った。

叔父さんは食べたことがあるんだね。

世界を股にかけた冒険者だからかな。

きっと色んな美味しい物を知ってるんだろうなあ……。

というか、ひょっとしたらヒルデにも臭いって思われてたのかなあ。うう、あんな可愛い女の子の前で、それは恥ずかしいよ……。

「ぼ、僕、その、家に帰ったらすぐにお風呂に入るよ！　ごめん。夕ご飯の支度はそのあとに手伝うから……」

真っ赤になっている僕を見て、叔父さんが笑う。

「いや、のんびり入ってこい。支度しておくから」

叔父さんも手伝ってくれて、浴槽に水を貯めてお湯を沸かす。普通はお湯を浴槽に貯めるやり方が主流なんだけど、叔父さんは、よその国で仕入れた、直接浴槽に入れた水を温められる仕組みを利用してるんだ。

手早く服を脱いで、ゴシゴシと体を洗いながら、もう臭くないかな？　と腕や肩の臭いをかいでみる。だいじょうぶそうだ。

はあ……。来週ヒルデと顔を合わせるの、気が重いなあ。恥ずかしくて気まずいよ。

でも浴槽につかって手足を伸ばすと、そんなことも忘れてしまいそうなほど気持ちがいい。

「ふう……」

浴槽のふちに頭をつけて、ふと、天井を見上げると。

——え？　だ、誰かいるよ!?

「うわっ!?」

「きゃあっ!?」

——バシャン!!　思わず声を上げて起き上がった僕に驚いたのか、天井にいた人が、僕の上に落ちてくる。

「いてててて……。だいじょうぶですか？」

侵入者相手に思わず心配して声をかけた僕に、僕の上で体を起こしながら、だいじょうぶ、と言った相手は――

「――リュ、リュウメン屋さん⁉」

しかも、男の子だと思ってたのに、お湯で濡れた服が肌に張り付いて……、薄っすらした肉付が透けて見える。この子、女の子だ‼

「リュウメン屋？　何それ、知らない」

「いや、それは無理がありますって」

さっと腕で顔を隠してとぼける女の子に、僕は呆れつつそう言った。

「姿を見られるとは……。不覚」

そう言ってお風呂場から逃げようとする。

「待って！　なんで僕のお風呂を覗いてたの⁉」

初対面でお風呂を覗いてくるような人を、このまま帰すのは、なんか危険な気がする。

「お風呂を覗いていたわけじゃない。失礼。あなたを見てただけ」

「バッチリ覗いてたじゃないですか！　ひょっとして、僕の店の真向かいに店を構えたのも、そのために……？　……え？　まさか、今が初めてじゃないってこと……？」

無表情のまま顔ごと視線を逸らす。

「なんのことだか分からない」

あ、うん。そうなんだね。これは。

「……なんで僕のことを見ていたの？　初対面でしょ？　前から僕のことを知ってたの？」

「……言えない。それが任務」

「――任務？　誰かに頼まれたってこと⁉」

あ、という感じに、無表情に少しだけ口を開けている。天然なのかな？

「その人に、僕のお風呂を覗けって命令されたってこと⁉」

何それ、怖い。

「違う。アレックスさまから四六時中目を離すなと言われただけ。お風呂に入ったからついて来た。それだけ」

「誰からそんなことを……」

「言えない。それが決まり」

「ていうか、いつから見ていたの？　ま、まさか、僕が着替えてるとことか、トイレの中とか、その……」

僕のありとあらゆる恥ずかしい場面を、この子に見られてたってこと⁉

「言えない。それが決まり」

うう……。見られてたんだろうな……。僕の恥ずかしいアレやソレも……。

でも、この子からなら、うまいこと依頼主を聞き出せるかもしれない。

「その……、監視はいつまでの予定なの？」

「分からない、護衛を兼ねてずっと、と言われた。命令がとかれるまで見守る」

護衛？　僕を？　なんで？

どうもこの子は、僕に聞かれたらまずいであろうことも、依頼主から駄目だと言われていなければうっかり話してしまうみたいだ。

「その……、君は嫌じゃないの？」

「嫌じゃない」

「あ、そう……」

「むしろ見ていたい。アレックスさまを。どうしてなのか分からない」

「――え？」

「アレックスさまを見ていると、鼓動が早くなる。こんなことは初めて」

「そ、それってどういう……」

女の子が僕ににじり寄ってくる。

「アレックスさまを見ていたい。アレックスさまにもっと見られたい。なぜ？」

僕の目線は、女の子の可愛らしい顔と、透けた胸元に釘付けだ。

「こ、この状況で言うと、なんか別の意味に聞こえちゃうよ‼」

「別の意味？」

女の子は無表情にキョトンとしている。

たぶん、そんなつもりないんだろう。

「そ、その、服が濡れて透けてるから、早くどうにかして……」

「了解」

そう言った途端、女の子は濡れた服を脱ぎだした。ちょおおぉお⁉

「な、なんで脱ぐの⁉」

「濡れた服、なんとかする。命令」

僕のも命令になるってこと⁉

自分の意志ってものがないの⁉　この子！

濡れた服をギュッとしぼって、パンッとはたく。目の前には、全裸で横を向いて膝立ちしている美少女。

「ここじゃすぐに乾かない」

「じゃ、じゃあ早く新しい服を着て……」

「アレックスさまを見守る。命令」

そこは依頼主からの命令が優先されるらしい。

「女の子の裸を初めて見ちゃったよ……。うう……」

僕は両手で顔を覆った。女の子はそれを聞いてピクリと反応する。

「私も男の子の裸を初めて見た。もうお嫁に行けない。アレックスさまの愛人になるしかない」

「――どういうこと⁉」

ここでお嫁に行くって言うならまだしも、なんで愛人⁉

「初めて裸を見てしまった相手の嫁になる。これは決まり。……でもアレックスさまはオフィーリアさまのものでオフィーリアさまが奥さんになる。だから2番目の私は愛人になる」

「……オフィーリア？　君はオフィーリア嬢の手のものなの!?」

また無表情に、あ、と口を開ける。

「なんのことか分からない」

「……もういいよ、話は分かったから」

この子はオフィーリア嬢の影なのだろう。オフィーリア嬢の大祖母さまは、先代王の母君だ。影くらいいてもおかしくない。オフィーリア嬢を心配して、大祖母さまが影をよこしたのかもしれないな。

なんでそれで僕を見張るなんてことになったのかは分からないけど。

それにしても……

「初めて裸を見た相手と結婚なんて、君はそれでいいの？　変な男に任務でつけられたかもしれないじゃないか。そしたら、おじいさんくらいの人と結婚する可能性だってあったでしょ？」

「対象から四六時中目を離すなと言われたのは初めて。普通はしない。だからきっと、これは意味のあること」

「僕の言っているのは、君の気持ちってことだよ。好きでもない相手と結婚することになっても、君はそれでいいの？」

「……アレックスさまは……、私のことが、嫌い。それは考えていなかった」

そう言って悲しそうな顔をする。

「べ、別に嫌いとかじゃ……」

「じゃあ、……好き？」

裸の美少女がにじり寄ってくる。

「す、好きとか嫌いとかじゃ……。そ、その……、ぼ、僕にはミーニャがいるんだあぁぁ!! も、もう出てってよ!!」

僕は思わず立ち上がって逃げようとした。

「無理。四六時中監視する。命令」

「僕に監視がバレたことを、オフィーリア嬢に報告するよ!?」

「それは困る。……了解」

そう言って、女の子はお風呂からようやく出て行ってくれた。

僕は慌ててお風呂から上がって服を着る。こいつをどうにかしたかったけど、今もどこかで見られているかもしれないと思うと、それも出来ない。うう……。

でも、どこに行ってもあの子の視線がある気がしてしょうがない。

……そうだ!! アイテムボックスの中だ！

あの中ならたぶん僕しか入れないからね！ 人目を気にすることもない。

お風呂に入ってる間に、叔父さんが夕ご飯を作ってくれたみたいだ。

「ずいぶん長湯だったんだな」

叔父さんがそう話しかけてくる。

お風呂場の騒ぎは聞こえてなかったみたいだ。

僕はう、うん、まあね、と濁して夕ご飯を食べる。おかげで結局食事の準備を手伝えなかったなあ。


――そういえばあの子追い出しちゃったけど、風邪ひいてないかな。

ベッドの上で横たわって本を読んでいたら、うつらうつらしてくる。天井を見上げても、今度はあの子の姿はなかった。でもたぶんどっかで見てるんだろうな。

「――ねえ。いる？」

僕は独り言のように呟いた。

「……いない」

天井から声がする。ふふっ。ほんと天然。

「君の名前、教えてよ」

「名前、ない」

予想外の答えが返ってきた。

「え？　どういうこと？」

「任務ごとに呼ばれる名称はある。でもそれは名前じゃない」

どんな育ち方をしたんだろうな？

名前がないなんてこと、ある？

「うーん、じゃあ、これから君のこと、ハイドレンジアの花に似てるから、レンジアって呼ぶことにするよ。どう？」

「別に構わない」

「名前ってね。親から子どもへの、最初のプレゼントなんだって。だから、僕から君へのプレゼン……ト……。すぅ……」

「私の名前。私だけの名前。温かい。初めての気持ち。なぜ？　――アレックスさま……。ずっとこのレンジアがお守りします」

朦朧《もうろう》としている中、レンジアは何やら話していたけれど、知らぬ間に僕は深い眠りについてしまった。

第十話　迫りくる巨大な影

次の日、朝ご飯を食べていると、叔父さんが朝から狩りを教えてくれると言ってくれた。

「ここに住むのなら、一角ウサギくらい狩れないとな。弓矢の使い方を教えてやる」

叔父さんは剣士だけど、一角ウサギは弓矢で狩るらしい。素早いから、弓矢のほうが効率がいいんだって。

狩りの途中でお昼ご飯も食べるからと、叔父さんと一緒にお弁当を作る。

サンドイッチと干し肉と、水の入った革袋を持って、僕たちは近くの山に登った。

たまにこうして数を減らしておかないと、山から下りてきて畑を荒らしてしまうんだって。

だから一角ウサギは討伐依頼が定期的にあるし、叔父さんみたいな狩人は、依頼がなくとも狩りをするんだそうだ。

——ヒイヒイ、ふう。

息を切らして山を登る。叔父さんは慣れたもので、気軽に平地のように登っていく。

日頃人が入るような場所じゃないからか、道はほぼ獣道というやつで、地面の見えている場所が途中までしかなかった。

途中から木々の間に入って、そこから魔物の痕跡をたどりつつ、獲物の居場所を探すのだそうだ。

一角ウサギは割と低いところにいるから、これでも大変じゃないほうらしい。

「運動不足だな。まだ若いのに情けないぞ。ちょっと鍛えないといかんな」

叔父さんはどんどんと山道を登りながら、足を止めずに振り返ってそう言った。

Sランク冒険者の叔父さんが鍛えてくれるって、ちょっと怖いんだけど……。

「お手柔らかにお願いします……」

「そこ、木の根っこが集中してるから、気を付けるんだぞ。――うわっ!? ……こんな風になる」

叔父さんは木の根っこに盛大にけつまずいて、鼻を押さえながらそう言った。

叔父さん、こんなにドジで、よくSランクになれたよね……。

そのままどんどん進んで行くと、叔父さんが突然腕を出して僕が進むのを制した。

「……どうしたの？」

「――シッ」

叔父さんが唇に指を立てる。前のほうを見ると、ちょっと開けて日の当たる場所に、一角ウサギが１０数体、モシャモシャと木の葉を食べているのが見えた。

「……いたぞ。一角ウサギの群れだ。静かに頭を狙え。体に当たると肉が臭くなるからな。弓を持つ時は肩と足と腰が真っ直ぐになるように立つんだ」

叔父さんと一緒に弓を構える。

「限界まで引き絞るな、引く力と弓を押す力が五分五分になるように。引手は顎につけろ。――離せ!!」

「ピィッ!!」

叔父さんが声をかけたタイミングで矢を放つと、一角ウサギの頭を貫いた。

「うまいぞ！」

一角ウサギの群れが散り散りに逃げて行く中、僕と叔父さんは獲物を拾いに奥へと進んだ。叔父さんが一角ウサギを持ち上げて、矢を抜くと、僕に獲物を差し出してくれる。

「何度も練習するんだ。お前はなかなかセンスがあるからな。すぐに上達するだろう」

「ほんと!?　僕頑張るよ！」

初めての獲物に僕は興奮しきりだった。

一角ウサギの体を掴むと、血液が流れる感触と体温を手のひらを通じて感じた。わあぁぁ、生きてるよ……。

美味しく食べるからゴメンね……。

叔父さんから受け取った一角ウサギを、マジックバッグの中に入れる。

「さあ、もう少し狩ろう。次は俺もやる。一角ウサギが集まりやすいところの探し方を教えてやろう」

叔父さんは山の中を歩きながら、魔物や動物の痕跡の残し方、足跡のたどり方なんかを教えてくれた。一角ウサギは複数の群れがあちこちに縄張りを持って暮らしているそう。

魔物は巨大な物しか罠にかけて狩ることをしない。跳躍力も力もスピードも、動物とは段違いだから、小動物用の罠だと、かかってもすぐに壊して逃げてしまうらしい。

小さな魔物に大きな魔物用の罠はもったいないから、罠にはかけずに、こうして1体ずつ狩るんだって。でも1体狩ると他が逃げちゃうから、一度にたくさんは狩れない。

弱い魔物とはいえ、これじゃあ効率が悪いよね。おまけに動物よりも繁殖力が高く、瞬く間に増える。定期的に討伐依頼があるのも納得だ。

一角ウサギは警戒心が強いから、外敵の見える場所でしかご飯を食べない。そして自分が食べる植物以外の根っこにフンをする。

巣は洞穴《ほらあな》や木の洞。自分で巣穴は掘らないから、危険と感じたら、いくつかキープしている別の洞穴へと移動する。

だから縄張りは結構広く、数が増え過ぎると、群れが分かれてよそに行く。などなど。

そのタイミングで人里に下りてくることも多いらしい。

「……おかしいな？」

叔父さんが木の根っこにあった、一角ウサギのフンを見ながら言う。

「何がおかしいの？」

フンを見ただけで何が分かるんだろう？

目の前には枯れかけた巨木と、その根っこの周辺にされた、一角ウサギのフンがあるだけだ。

「これを見ろ。一角ウサギは同じ場所にフンをする。多過ぎると木が枯れることもあるくらいだ。……なのに、この木は枯れかかっているのに、フンの数が少な過ぎる」

「一角ウサギのフンが原因じゃないってことはない？　単に栄養不足とか、病気とかさ？」

木が枯れる原因は、別に1つじゃないと思うんだけど……。

「葉の色を見てみろ。まだらに黄色っぽくなってるだろう？　これは一角ウサギのフンが原因で、栄養が偏っている時に起こる現象なんだ。一角ウサギのフンの毒素で、こんな風に黄色くなる。まだらなのが栄養不足だ」

なるほど……。

「つまりはどういうこと？　本当なら一角ウサギはもっといるってことなの？」

「そうだ。ついこの間まで、この木が枯れるくらいの数のフンをする一角ウサギが、このあたりにはいた、ということだ。少なくとも１００体以上はいただろうな」

「なら、群れが分かれて、人里に下りてくるか、どこかに移動したってことじゃないの？　見かけないから、移動したのかも」

「そうだといいがな。一角ウサギは３０体から５０体くらいで群れをなす魔物だ。さっきも１０数体しかいなかっただろう？　群れが分かれたにしても少な過ぎる」

「そっか……。半分以上狩られたら、流石に別の場所に逃げ出すよね。なのにまだここにいるっていうのは……、なんでだろう？」

「逃げ出すことが敵わない外敵が、近くにいるということなのかも……な」

「それって……」

「冒険者ギルドのクエストを、確認してから来たほうが、よかったかもしれないな。アレックス、今日は一度戻ろう。ギルドで情報を集めるんだ」

「分かった」

僕らが引き返そうとしたその時だった。

――バキバキッ。

「ピィッ!!」

木々の折られる音とともに、一角ウサギの悲鳴が聞こえた。

そして同時に、一角ウサギを1体口にくわえて今にも呑み込もうとし、なおかつ体でもう1体を締めつけている、青銅色の鈍く光る巨大な蛇が現れた。

「……デビルスネークだ」

あれが……。アイテムボックスの海の中にも素材があった魔物だ。

「デビルスネークはランクはいくつなの？　結構おっきいけど……」

「Gだ」

あれでGなの!?

「俺1人ならまず問題ない。だが、今のお前を連れて狩るのは危険だ。まだ気が付かれていないから、そーっと山を下りるんだ」

「分かったよ」

頼まれても戦いたくないや、あんなの。

僕は弓矢をマジックバッグにしまった。

僕たちは息を殺しながら、そーっと山を下りていく。幸いデビルスネークは、食事に夢中で、少しも僕らに気付いていなかった。

僕に前を歩かせつつ、叔父さんが後ろを振り返って、デビルスネークがこちらに気付かないか、様子を見ながら山を下っていく。

「──うわっ⁉」

「えっ⁉　わあっ‼」

突然叔父さんがけつまずいて、僕の上に倒れ込んでくる。

「いててて……」

「すまん、やっちまった。だいじょうぶか？」

「だ、だいじょうぶ……、──あ」

パキパキボキバキッ！

僕らに気が付いて、ゆらりと頭を持ち上げたデビルスネークと目が合った。

「お、叔父さん……」

「逃げろアレックス……‼」

叔父さんは、デビルスネークを刺激しないように小声でそう言うと、素早く僕の上から起き上がり、腰のショートソードを抜いて構えた。

──プサ、プサ、プサ、プサ。

そこにどこからともなく、黒い鉄のような物が飛んで来る。

その物体はデビルスネークに突き刺さり、デビルスネークは飛んで来た方向に頭をもたげて、敵の姿を確認しようとした。

だけどすぐにギャエエェエ!! と変な声を上げながら、デビルスネークがグルグルとその場でのたうち回ったかと思うと、そのままズシン……と、頭を下げて動かなくなった。

叔父さんは、もう動かなくなったデビルスネークに近付くと、体に刺さっているそれを抜いて、先端を確認していた。

「これは……、リーグラ王国の暗器……？ 先端に毒が塗ってあるな。誰がこんなものを……」

あたりを見渡したけど、誰の姿も確認出来なかった。……たぶん、レンジアだ。僕のことを護衛すると言っていたから。

叔父さんがいたから、レンジアが手を出さなくてもだいじょうぶだったと思うけど、ひとまず助かったよ……。

「とりあえず、こいつを運んで、冒険者ギルドに報告をしよう。こいつはオスだ。この時期の成体のデビルスネークは必ずつがいで行動する。どこかにメスがいるはずだ。一角ウサギが減った理由も、おそらくこいつらだろうな」

「……だいじょうぶなの？」

「デビルスネークは、本来1回食事をしたら2週間は食べなくても生きていられる。そんな魔物が狩りをしていたということは、メスは巣穴で孕《はら》んでいる可能性が高い」

「メスにエサを運んでいたってこと？」

「おそらくな。その場合はかなり危険だ。Gランクといえども人数が必要だろうな。ここから先は引退した俺の仕事じゃない」

「……山を下りて来ない？」

「オスが戻って来ないことに気が付いたら、当然その可能性がある。だから早く冒険者ギルドに報告しに行くんだ」

怖っ‼

「アレックス、この大きさでも、お前のマジックバッグの中に入るか？」

「うん、だいじょうぶ」

僕は叔父さんに手伝ってもらって、マジックバッグの中にデビルスネークを入れた。

叔父さんと一緒に山を下る。それにしてもSランク冒険者の叔父さんにも存在を気付かせないなんて、王家の影は凄いんだな。


僕らは一度叔父さんの家に戻ってから、馬車に乗って町に向かう。冒険者ギルドに駆け込んで、さっそくさっきのデビルスネークの現状を伝えた。まだお昼前だから、冒険者たちの姿は少ない。クエストから戻ってないんだね。

オスがメスのためにエサを取っている可能性が高いこと、オスだけを倒したけど、メスの居場所は分からないことを叔父さんが伝える。

孕んでいる可能性のあるメスのデビルスネークの話に、冒険者ギルドがザワザワしている。下位の魔物とはいえ、やっぱり子どもがいるメスは、それだけ危険ってことだよね。

叔父さんの話を受けて、緊急クエストが発生することになった。

Fランククエストの依頼票が、受付嬢によって掲示板に張り出される。

近隣の地域にも危険が及ぶと判断された場合の緊急クエストは、僕らからの依頼じゃなく、領主から公費が捻出される公的なものになるらしい。

人里近い山だから、いつ下りてきてもおかしくないのが、緊急と判断されたみたいだ。

受注票が貼り出されたその途端——

「あら、これいいじゃない」

すぐさまそれをペリッと引っ剥がしたのはヒルデだった。

「ヒルデ!!　まさか1人でやるの!?」

「もちろんよ。デビルスネークの卵なんて、買い取り金額も高いのよ？　1人でやれるのに、他人と分けるなんてもったいないわ」

「けど……、緊急だから本来よりもランクが上がってるとはいえFランクだよ？　Cランクのヒルデが受けたら、他の人たちが嫌な顔をしない？」

下位ランクのクエストは暗黙の了解で上位ランクの人たちは受けないはずだよね？

「参加人数をよく読んでご覧なさいよ」

そう言って、ヒルデがクエスト受注票を、僕の前に突き出してくる。

「……12人？」

「そ。本来討伐クエストは最大4人、まれに6人で受けるように基準が定められているのよ。だけどこのあたりはランクの高い冒険者は少ないの。だから下位で固めるとなると、こういう風にしか設定出来ないのよ」

「……つまり、どういうことなの？」

「本来の4人クエストなら、Eランク相当ってことよ。下手したらDランクだけど、どのみちFランクとGランクが何人いてもDランクは無理」

そうだよね……。たくさんいればどのランクでも倒せるわけじゃない。防御力を考えなきゃ、人数集まればどうにか出来るかもだけど、そのぶん犠牲も多く出る。

「けど、デビルスネークなら、孕んでいるメスでも、12人いたらギリギリ倒せる可能性があるからFランクなの。だけどこれは緊急。そして今この場にいる冒険者は少ないわ」

僕は冒険者ギルドの中を見回した。

「確かに……。お昼以降なら、だんだんと戻ってくるだろうけど……」

「つまり、ランクよりも緊急性が優先されるってわけ。私はソロでしかやらない。今この場には12人も冒険者はいない。そういう場合は私のソロが優先されるってわけ」

なるほどね。それに下手すりゃDなら、ほぼBランクのヒルデが受けたほうが安全だ。

「じゃあ、よろしく頼むよ。うちの家に近い山なんだ。下りてきたらと思うと……」

「あら、そうなの？　りょーかい。任せておいて！」

ヒルデはウインクしてそう言った。

僕の心臓がドキリと跳ねる。無防備なその仕草に、ちょっとドキッとしちゃったよ。やっぱりヒルデは可愛いなあ……。

いかんいかん、僕にはミーニャが！

というか、ヒルデ、休まないんだなあ。

僕の店の護衛の前にも、いつもクエストを消化してるはずなのに。疲れないのかな？

それとも少しでも早く、剣聖になりたいってことなのかな……たくさん経験値を積みたいのかも。

叔父さんの言葉を聞いてからというもの、ヒルデのテンションは上がりっぱなしで、正直毎日元気過ぎるくらいだ。

夢があるっていいなあ。僕の夢は……。

早く商人として成功して、ミーニャをお嫁さんにしたいってことだもんなあ。

ヒルデの夢と比べると、なんだか不純で、ヒルデとは別の意味で人に言いづらいよ……。

でも、一生叶えられないはずの夢を、叶えるチャンスを得たんだから、僕も頑張らないとね！

僕と叔父さんは、ヒルデがクエストを受けている間に、裏手に回ってデビルスネークの買い取りを依頼することにした。

「すみません、デビルスネークのオスの買い取りをお願いします」

「デビルスネーク？」

解体職人さんが、のっそりと顔を出して僕たちを見てくる。

「なら、そこに出してくれ」

おじさんが作業台の上を、拳を握ったまま親指を立てて示す。僕と叔父さんはマジックバッグの中からデビルスネークを出して置いた。

「なんだ、アイテムボックスを使わなかったのか？　せっかく持ってるのに」

前回スキルでランド魚を出すところを見ていた解体職人さんが言う。ギクッ。

「メスが孕んでいるみたいでな。早めに逃げたかったんだ。出すのに時間のかかるスキルより、こっちのほうが早い。それにあのスキルは派手で見つかっちまう可能性があるからな」

答えられない僕の代わりに叔父さんが助け舟を出してくれた。確かにあれを出してたらメスに見つかっちまってたかもしれんわ、とおじさんは納得してくれた。

「——ああ、肉は毒で食えん。皮やそれ以外を頼むよ。すまんな」

と叔父さんが言った。

「毒？　あんたが毒を使うなんて珍しいな」

「今回はちょっとな」

叔父さんが適当に誤魔化す。

「うん、状態もいい。これなら、肉がないから中金貨1枚だな」

わお、結構お高いや。

「肉があったらいくらだったんですか？」

「中金貨1枚と小金貨5枚だな」

「ちなみに卵はいくらなんですか？」

ヒルデが高いって言ってたし気になるね。

「1つ小金貨5枚だな。通常30個から50個は一度に生むし、多い時は100個以上になることもあるから、集まると結構な金額になるぞ。——なんだ、欲しいのか？」

卵だけで小金貨5枚なの!?　それに最低30個プラス本体の買い取り金額に緊急クエストの完了報酬だ。ヒルデが下手をすればDランク相当だと言うのもうなずける金額だよ！

「いえ、緊急クエストが出たので……」

「ほう。産卵前のデビルスネークのメスのクエストか。そりゃいい値段になるな」

解体業者のおじさんがニヤリとする。

そうだね。

12人で割ったとしても、低ランクの冒険者向けクエストとしては、かなり美味しい。

ヒルデが真っ先に受けるわけだ。

午後に帰って来た冒険者たちが知ったら、すっごい悔しがるだろうなあ。逆にヒルデがこの時間に冒険者ギルドにいたってことは、彼女にとってちょうどいいランクのクエストがなかったんだな。

流石に1つクリアして戻って来るには早過ぎる時間だもんね。持ってるなあ、ヒルデ。スキルの変化に運要素があるのなら、ほんとにヒルデは剣聖になっちゃうかも。

「それとボウズ、お前さんのランクが上がってるはずだ。受付に行ってみな」

「え？」

解体職人さんが笑って言った。

「え？　じゃねえよ。Gランクだぞ？　お前さん冒険者を始めたばっかりだろう？　ボウズのランクじゃ倒せない魔物を倒したんだ。クエストを受けてなくても、ランクくらい上がるさ」

そうなんだ！　ということは、ⅠからＨランクになるってことだ。これでアイテムボックスにあるジャイアントバットや、ダイアウルフとか、ポイズンフロッグとか、キラービーの納品クエストがあれば受けられるね！

やったあ！　僕は倒してないけど、叔父さんと一緒に行動してたから、パーティーを組んだ時と同じ扱いってことなんだろう。

叔父さんも、よかったな、と笑顔で言ってくれた。

叔父さんがデビルスネークの買い取り金額を受け取って、解体小屋を出ると、一緒に冒険者ギルドに戻った。

受付カウンターで確認をすると、受付嬢のお姉さんからよかったですね、の言葉とともに、僕はＨランクに上がった冒険者登録証を受け取ったのだった。

一角ウサギは、あとで叔父さんが解体の方法を僕に教えてくれるそうなので、買い取りは後日頼むことにして、叔父さんと一緒にそのまま帰路についた。

予定外のお金をたくさん手に入れたから、叔父さんの提案で、奮発して帰りに紅茶と果物を購入した。食べられなかったお弁当と一緒に、お昼ご飯にする。

僕は甘い物が割と好きなんだけど、果物って高《た》っかいんだなあ……。

キャベンディッシュ家だと、普通に毎食果物を使ったケーキか、果物自体が出てきてたんだけど、それってだいぶ贅沢なことだったみたい。

久しぶりの果物を楽しみに、叔父さんと一緒に家に帰った僕は、叔父さんの家の前に見覚えのある馬車が停まってるのを見つけた。

「あの家紋、どこかで……。いかんな、貴族から離れてずいぶんと経つから、ちょっとすぐに思い出せなくなっちまってる」

叔父さんが手を頭に当てて首をかしげた。

……あれ？　あれって……。

そうだ！　オーウェンズ伯爵家の馬車だ！

それもオフィーリア嬢専用のやつ！

美しい我が娘を、目の中に入れても痛くないくらい、可愛がっているオーウェンズ伯爵は、家用の馬車とは別に、オフィーリア嬢専用の馬車を用意してるんだ。

オフィーリア嬢の専用馬車は、かなり手入れの大変そうな、白塗りに花の紋様をあしらった、大変乙女チックなデザインだから、遠くからでもよく目立つんだよね。

未成年の令嬢全員が専用の馬車を持っている貴族なんて、リシャーラ王国広しといえども、オーウェンズ伯爵家くらいだよ。

確か3歳の誕生日プレゼントでもらっていたはず。オリジナルデザインの馬車と専属侍女を与えるなんて流石に親バカにもほどがあるなとはちょっと思う。

当主以外が専用の馬車を持つ場合は、奥さんと成人した子どもに買う物なんだよね。

王族は未成年でも専用の馬車があるけど、それは未成年のうちから公務があって必要になるからだ。

キャベンディッシュ侯爵家も、母さま専用の馬車があったし、エロイーズさんも当然専用の馬車を持っている。

婚約者のいない令嬢令息は、成人したら相手を探すために社交をしなくちゃならないし、両親の代わりにあちこちに挨拶に行くことにもなるから、そこで初めて馬車を持つんだ。

なのにオーウェンズ伯爵家では、伯爵夫人よりも豪華な馬車を、３人の娘たちが既に全員持っている。

王家の血筋を引く令嬢たちが豪華な馬車に乗っていると、より近寄りがたくて特別な感じがすると貴族たちが言っていて、僕も我が婚約者ながら、ちょっぴり近寄りがたく感じたのを覚えている。

第十一話　追ってきた元婚約者

最初王太子さまには、他の国の王女さまが嫁いでくると噂になっていた。

もしその王女さまの留学が決まったという話がなければ、オーウェンズ家は王家に嫁がせるつもりだったんじゃないだろうか。

蓋を開けたらその王女さまには既に婚約者がいて、僕との婚約が決まったあとに、婚約者候補として打診がありましたのよ、とオフィーリア嬢が教えてくれたんだけど。

それにしても、馬車の中に乗ってるのは誰なんだろう？　あの馬車はオフィーリア嬢専用のはずだけど、過去に一度オーウェンズ伯爵自らが乗っていたこともあった。

どっちにせよ何でこんなところまで……

ああそうか。レンジアだ。オフィーリア嬢の手のものだと自らバラしちゃってたよね。

昨日の今日で、もうオフィーリア嬢に連絡が行ったってことなんだろうな。

でも、よく考えると、オフィーリア嬢が僕を見張らせてたってことになるよね。それこそお風呂の中まで。なんだってそんなこと？

僕たちの馬車が家の前に着くと、馬車の前で立っていた男性が馬車のドアをノックした。確かあの人は家令補佐のジャックさんだ。

中から返事があったのか、ドアを開けて、中に手のひらを差し出した。

今日は護衛としても来てるんだろう、腰に長剣を提げている。護衛を兼ねてると聞いてはいたけど、ジャックさんは長剣使いか。

その手を取ってしとやかに馬車から降りてきた女の子。豪華なドレスを生まれつき身に着けて生まれてきたかのような上品な姿。

前髪を切りそろえたストレートで長い薄紫色の髪が、真っ白な馬車に映えている。高い魔力保持者であることを示す金色の瞳を持つ美しい少女は、間違いなく僕の元婚約者、オフィーリア・オーウェンズ伯爵令嬢だった。

「オフィーリア嬢……？　なんでこんなところに……、わぷっ⁉」

僕が言い終わらないうちに、オフィーリア嬢が僕に抱きついてくる。

「オフィーリア嬢、落ち着いてください。こんな人前で、未婚の令嬢がこのような……」

たとえ婚約者であっても、貴族の令嬢は人前で異性に触れるような真似はご法度《はっと》だ。

ましてや抱きつくとか！

いったいどうしちゃったの⁉

僕はただただパニックに陥った。

オフィーリア嬢は、僕に抱きついたまま、はらはらと涙を流して、その美しいまつ毛を濡らしている。

というか、オフィーリア嬢、普段はこんな感じじゃなかったよね⁉

いつでも優雅にたおやかに微笑んでいるクールな美人、そんな印象だったのに。

「……ずいぶんお探ししたんですのよ。お会いしたかったですわアレックスさま。どうしてわたくしと婚約破棄だなんて……」

え？　婚約破棄の経緯を知らなかったの？　ということは、オフィーリア嬢は僕との婚約破棄をあとから知らされたってことか。

まあ貴族の場合、結婚相手は親が決めるものだから、別にそれでも不思議じゃないけど。

「オーウェンズ伯爵家より、婚約者をリアムに変更するのでなければ、婚約破棄すると打診がありましたので……」

僕は久しぶりに貴族の話し方で告げた。

「キャベンディッシュ侯爵家といたしましては、オフィーリア嬢にぜひとも輿入れしていただきたかったので、父がリアムを次期当主に、と判断を下しました」

「それは父から伺いました。……アレックスさまは、それでよかったんですの？」

オフィーリア嬢がじっと見つめてくる。

「よかったも何も……、仕方がありません。僕はキャベンディッシュ侯爵家に相応しいスキルを得られませんでしたから」

実際、オーウェンズ伯爵家からの申し出がなくとも、将来リアムが魔法スキルを得ていたら、遅かれ早かれ放逐されたと思うよね。

キャベンディッシュ侯爵家に必要なのは、魔法使いの跡取りなんだもの。

せめて火以外でも魔法スキルなら……。いや、リアムが火魔法だったら同じことかな。代々最強の火魔法使いを輩出してきた、キャベンディッシュ侯爵家のイメージは、国内外に轟《とどろ》いているとは聞いたことがあるからね。

「わたくしはキャベンディッシュ侯爵家と婚約したのではありません。アレックスさまと婚約したのです。他の方なんて嫌ですわ」

はらはらと涙を流しながらも、強い目線で僕を見てくるオフィーリア嬢。でも、仕方がないよ……。それが貴族ってものだもの。

「アレックスさま。わたくし、ここに住みたいですわ。アレックスさまのおそばに置いてくださいまし。アレックスさま以外のものになんて、なりたくありません。どうか」

ええ……。そんなこと言われても困るよ。

僕だって、叔父さんの家に居候《いそうろう》の立場なのに。生活にはお金がかかる。そのお金が勝手に湧いてくるわけじゃないんだ。

オフィーリア嬢は貴族の娘だから、そのへんのことには考えがいたらないのかもしれない。

「オフィーリア嬢、それは無理というものです。どうかこのままお帰りください」

僕は申し訳なさそうに、それでも毅然とした態度で言った。ここははっきりしておかないと、のちのち面倒になるからね。

「……なぜですの？　わたくしのことがお嫌いなのですか。わたくしは、初めてお会いした時から、アレックスさまのことを、お慕い申し上げておりましたのに」

「いえ、そういうことではなく……。って、――ええっ⁉」

驚く僕に、キョトンとしているオフィーリア嬢。

お慕いって……え？　え？　ええっ⁉

「あの……、その……。オフィーリア嬢は、僕が好きだから婚約したんですか？」

僕の言葉を聞いて不思議そうにしているオフィーリア嬢。

ち、違った？　恥ずかしい！

「もちろんそうですわ？　ですからキャベンディッシュ侯爵家より打診を頂戴してすぐに、婚約を進めさせていただいたのですもの」

オフィーリア嬢はこともなげにそう言った。言われてみればやけにスムーズだったような……

普通は形だけの顔合わせを何度かして、それから書状を交わす決まりがあるんだけど。

僕とオフィーリア嬢の場合は、そういうのを全部すっ飛ばして、いきなり婚約を了承しましたって返事が我が家にあったんだよね。

父さまが、「王太子をよその国の姫に取られて、先方はよほど焦ったらしいな。こちらにとっては僥倖《ぎょうこう》であったが」と家令と笑いながら話しているのを聞いたことがある。

「う、え、あう……」

僕は変な声が漏れるばっかりで何も言えなかった。今までの彼女からは少しもそんな素振《そぶ》りが見えなかったんだもん！

いつだってクールで、婚約者として自宅で過ごすお茶の時間も、彼女からは少しも話題を提供してくれなくて、ただ僕の話を聞いてたおやかに微笑んでいただけだった。

だからいつもあんまり会話が盛り上がらなくて、彼女と過ごす時間は、いつも緊張するだけで終わっちゃっていた。貴族の結婚なんてこんなものだよね、と思っていたっけ。

「そ、そのようなことは初めて知りました。あなたはいつも僕の話を黙って聞いて微笑んでいらっしゃるばかりで、少しもご自分のことを話してくださらなくて……」

「アレックスさまのお話なら何でも嬉しかったのですもの。自分のことを話すより、限られた時間で少しでも、アレックスさまがわたくしといない時間に、どのように過ごされていらっしゃるのかを知りたかったのです」

「あう……」

「わたくし、いつもとても幸せでした。アレックスさまは今、どうなさっていらっしゃるかしら？と、毎日そのことばかり考えて過ごしておりましたのよ」

ふわあああぁあああぁあ!?

「小さい頃に、王族派の貴族の集まりで、子どもたちは子どもたちだけで集められて、過ごした時間を覚えていらっしゃいますか？」

まあ、そういう集まりは定期的にあったよね。大人たちは地盤を固めるために、貴族派に対抗するために、そうした集まりを開くんだ。

同時に子どもたちの将来の伴侶《はんりょ》をみつくろう場でもあるから、子どもたちだけで別の場所で遊ばせて、仲良くさせる狙いもあるけど。

「そこで何度かお会いしましたね」

僕の言葉に、オフィーリア嬢が、嬉しそうに頬を染めてコックリとうなずく。

「わたくし幼い頃からとても人見知りでしたので、女の子たちにもうまく交ざれずに、乱暴な男の子たちに髪の毛を引っ張られても、泣いてしまうばかりで何も出来ませんでしたの。そこにアレックスさまがいらしたのですわ。男の子たちをたしなめて、泣いているわたくしに、1輪の花をくだすったのです」

あ、あったかなあ？　覚えてないや……。

「あの時の花は、押し花にして、今も大切に保管させていただいておりますの。アレックスさまは、今も昔も変わらず、誰にでもとても優しい、素敵な殿方ですわ。ずっと憧れていた方に結婚を申し込まれて、うなずかない理由がありませんでしょう？」

そう言って、愛おしげに僕を見つめるオフィーリア嬢。

もう、なんて言っていいか分からないけど、か、かあいい……。

普段クールな美人の、この表情は破壊力抜群過ぎだよ！

でも、僕が彼女が僕を好きだったってことに気が付かなかった理由は他にもある。

「で、ですが、僕が視線を合わせたり、隣に並んで歩こうとすると、いつもオフィーリア嬢は視線を逸らされたり、僕から離れたりされたではありませんか？　僕はてっきり嫌われているのだとばかり思っていたんですが」

「そ、それは、その……」

オフィーリア嬢の顔をのぞき込んだ僕と目が合った瞬間、バチッ！　と音がしそうなくらい瞬《まばた》きをして、オフィーリア嬢が僕から目を逸らした。そしてそのまま頬を染める。

「は……。恥ずかしくて……」

ボソリと。でも一生懸命気持ちを伝えようとしてくれる。

オフィーリア嬢の心臓の鼓動が、直接聞こえてくるかのようだ。

いや、違う。これ、僕の心臓の音だ！

やだもう！　何この可愛い生き物！

その時ふと、オフィーリア嬢の胸元に光るペンダントの存在に気が付いた。

僕の髪色の鎖に、僕の目の色の宝石のついたペンダント。自分の目と髪の毛の色のアクセサリーを婚約者に贈ることは、貴族の間で婚約者への愛情を示す行為だとされている。

だから舞踏会なんかじゃ、お互いの髪色と目の色の服や、アクセサリーを身にまとう人も多い。

だけど婚約者から贈られた物じゃなく、令息令嬢自らがそれを作って身にまとう場合は、別の意味合いを持つんだ。

〝一生あなただけをお慕いします〟

声に出さない、告白の行為。婚約者がそれを自らする場合は、より相手に対する愛を示す、２人だけに伝わる愛の囁《ささや》きとされてる。

だってそれが贈り物じゃないってことは、お互いだけが知ってるからね。

彼女はそんな意味が込められたペンダントを身に付けていたんだ。

あの鎖、以前から身に付けていたのと同じだよね？　ペンダントトップがついていたなんて、服の下に隠れて気付かなかった。

……つまり彼女は、本当はかなり前からそれを身に付けていたのに、今までペンダントトップの部分だけを服の下に隠してたことになる。彼女の性格からして、恥ずかしかったから。

オフィーリア嬢はずっと前から、本当に僕のことを大好きでいてくれたんだ。

赤面しながら目を逸らしているオフィーリア嬢を見て、僕も顔が熱くなるのを感じた。

「アレックスさま以外のものになんて、なりたくありません」と言った、さっきの彼女の言葉が、僕の頭の中で勝手に反芻《はんすう》してる。

「見ていたいのに、見られたいのに。アレックスさまにもっと近付きたいのに、どうしても、逃げてしまうんですの……。わたくし、臆病でしたわね」

モジモジとしているオフィーリア嬢を、今すぐ抱きしめたくなってくる。

僕がオフィーリアに思わず手を伸ばした瞬間、叔父さんが、エッヘンと咳払いをする。

しまった！　叔父さんの存在を忘れてたよ！

このやり取り、ずっと見られてたってことだよね、うう、恥ずかしい……。

オフィーリア嬢の衝撃の告白に気を取られて、すっかり頭の中がそれでいっぱいになっちゃってたよ。完全に2人の世界に入りかけるところだった。

「いつまで立ち話をしているつもりだ？　とりあえず、中に入っていただいたらどうだ」

それもそうだね。ずっと日差しが強い中に立ちっぱなしにさせちゃってたよ！

「あの……。よろしければ中へどうぞ」

そう言うと、オフィーリア嬢がコックリと嬉しそうにうなずいた。

叔父さんはオフィーリア嬢と僕に紅茶とクッキーを振る舞うと、あとは2人でゆっくり話せ、と言って自分の部屋に消えて行った。

とは言っても、オフィーリア嬢が連れて来た専属侍女がドアの脇に控えているから、ほんとの2人っきりってわけじゃないけどね。

「その……、ご挨拶もなしに消えて申し訳ありませんでした。あまりに急でしたので」

場所を変えたことで少し冷静になる。

というより、彼女が僕との婚約をそこまで喜んでくれてるなんて知らなかったから、伝える必要性を感じていなかっただけなんだけど。

彼女にとっても、僕はただの政略結婚の相手だと思っていたから、相手がリアムに代わったところで、気にしないだろうなって。

でも、そうじゃないと今知ったことで、なんと言っていいのか分からないよ。

だけど、はっきりと言っておかなくちゃいけないことがある。

「オフィーリア嬢……。あなたのお気持ちは分かりました。今まで僕はあなたを誤解していたかもしれません。そのことは分かりましたが……」

オフィーリア嬢は僕の言葉を待っている。

「ですが、僕には既に心に決めた方がいるのです。先日将来の約束も交わしました」

オフィーリア嬢はショックを受けたような表情をしていた。

「それは……、どちらのご令嬢ですの？」

震えるようなか細い声で言う。

「貴族ではありません。平民の娘です。僕はずっと彼女のことが好きでした。親が結婚相手を決める法律で、彼女と結ばれることは叶わぬ夢のはずでしたが、こうして平民になったことで、改めてプロポーズしたのです」

プロポーズ、という言葉に、オフィーリア嬢がビクッと震えた。まあ、この間まで婚約者がいた男が、家を出てすぐに他の女の子にプロポーズしているなんて予想もしないよね。

「そんな……。アレックスさまは、わたくしのことを、少しも想っていてはくださらなかったと言うことなのですね……。わたくしそれなのに、こんなところまで押しかけてしまって、アレックスさまにご迷惑を……」

悲しげにハラハラと涙をこぼしながら、それでも無理に微笑もうとするオフィーリア嬢の姿に、僕の胸がズキッと痛む。気持ちを知った今となっては、正直とても申し訳なく思うよ。

彼女の思い出を僕は覚えていないから、いつから僕を好きでいてくれたのか分からない。けど、少なくとも僕がミーニャを好きになったのと同じくらい、下手したらそれよりも前から、ずっと好きでいてくれたんだろうし。

「……もう、わたくしの入り込む余地はないのですか？　わたくし、諦めきれません。ずっと小さい頃から、アレックスさまのことだけをお慕いしていたのです」

僕のことが好きで、1も2もなく僕と婚約してくれたオフィーリア嬢。

正直もっと早くに、ううん、それを最初に知っていたなら、僕はどうしただろうか？

母さまを早くに亡くして、父さまには関心を持たれずに、エロイーズさんにはイジワルされて過ごした子ども時代。リアムが生まれて話せるようになるまでは毎日寂しかった。

僕がミーニャを好きになったのは、寂しかった僕に、優しく微笑んでくれる可愛い女の子だったから。ミーニャといると、とにかく楽しくて仕方がなかった。

オフィーリア嬢が恥ずかしがり屋な女の子じゃなかったら？　そうだとしても、それが僕を大好きな気持ちからきていると知ってたら？　僕はそれを想像していた。

貴族の令息令嬢は、僕もそうだけど、人前であまり感情を出さないように躾《しつけ》、教育を施される。

ミーニャが素直で表情豊かなのは、平民だからっていうのもあると思う。

取り繕ったような表情を浮かべる貴族の女の子たちばかりを見てきていたから、彼女の素直さが、僕には新鮮だったんだ。

僕の想像の中の小さなオフィーリア嬢が話しかけてくる。想像の中の彼女は、今と同じく素直で恥ずかしがり屋さんだった。

『お母さまを亡くされて寂しいんですのね。アレックスさまにはわたくしがいますでしょう？　大好きですわ、アレックスさま』

そう言って笑顔で僕を抱きしめてくれる、小さなオフィーリア嬢。

『もう！　どうしてそんなイジワルを言いますの？　わたくしが興味があるのはアレックスさまだ

けですわ。他の方なんて……嫌です』

頬を膨らませて、可愛らしく拗ねてみせる小さなオフィーリア嬢。

『アレックスさま、わたくしはあなただけのものですわ。その……、わたくしを、あなたのものにしてくださいますか……？』

可愛らしい幼女のオフィーリア嬢が、最後は今の姿でベッドに横たわって、例のペンダントを握りしめながら、恥ずかしそうに顔を逸らして僕にそう言っている妄想になった。

うわあああぁあぁあぁあぁ!!

僕は思わず妄想をかき消そうと両手を実際に振ってしまって、オフィーリア嬢に怪訝《けげん》な表情で見られてしまった。うう……。

もともと物凄い美人ではあったけど、僕に興味がないと思っていたから、それ以上でもそれ以下でもなかったってだけで……正直揺れてる。実際揺れてる。

僕のことをこんなにも大好きでいてくれる人なんて、ひょっとしたら他にいないかもしれないいってすら思うもの。

ミーニャはプロポーズを受けてくれたから僕のことを好きでいてくれてるはずだけど、そう言えば彼女に好きとはまだ言われてない。

たぶん、ミーニャよりもオフィーリア嬢のほうが、僕のことを好きかも知んない。

それは正直そう思う。

だからあとは僕の気持ち次第だけど、目の前でこんなにも大好きを見せられたら、なんとも思わないでいるのは無理だよう……。

ヒルデもカナンもレンジアも可愛い女の子だけど、僕がそれでも揺らがないのは、僕のことが別に好きってわけじゃないからだ。

僕はミーニャのことだけが好きなはずだったのに、思い出の中の、あの日も、あの時も、ずっとあのペンダントをしていたオフィーリア嬢が思い出されて心が揺れていた。

僕が小さい頃に、ミーニャじゃなく、オフィーリア嬢を好きになった可能性がないかと言われたら、あるとしか言えないもの。

「その……、う……」

僕は心を決めかねて、何も言葉が出てこなかった。ミーニャと結婚します、ごめんなさいって言うだけなのに。

オフィーリア嬢はそんな僕を見て、情けなく思うだろうか。でも、彼女はキリッとした目で僕を見ると、改めて背筋を正して僕に言ったのだった。

「婚約は絶対ではありませんわ。わたくしとアレックスさまが、双方の親の都合で婚約破棄しましたように、結婚するまでは、何があるか分かりませんもの」

「まあ……それは確かに、そう……ですね」

「わたくし、諦めませんわ。アレックスさまはまだ結婚されていらっしゃいませんもの。今まではアレックスさまと過ごす時間が少な過ぎました。だからぽっと出の相手に心を移されてしまったんですわ」

「ええっ⁉」

いや僕はミーニャを小さい頃から好きだったから、突然現れたわけではないけど……。

「アレックスさまはわたくしの気持ちをご存知ではなかった。それならば少しずつ知っていただきたく思います。わたくし、この近くに家を借りますわ。そしてもっとわたくしを見ていただきたく思います」

「え？　ちょ、その、オフィーリア嬢は学園に入られる予定なのでは？　それはどうなさるおつもりですか？」

オフィーリア嬢は先日の鑑定で、火魔法と土魔法の２つのスキルをギフトとして授かっていた。魔力の基礎値も高いから、当然学園に入って魔法を学ぶはずだ。

「行きませんわ、学園なんて。今離れたら、アレックスさまのお気持ちが、完全にその人に持っていかれてしまいますもの」

オフィーリア嬢が断言する。

「……アレックスさまは、わたくしが気持ちを告げたあとで、わたくしを見る目線が明らかに変わりましたわ」

ギクッ。

「……今までは、わたくしを好いてくださる可能性はわたくしの期待値で見ていただけだったのが分かりましたわ。ですが、わたくしの気持ちを聞いたあとで、アレックスさまの中に、わたくしへの気持ちが生まれたことも、事実だと確信いたしております」

ギクギクギクッ!!

「ずっと見つめていたんですのよ？　アレックスさまの変化は分かりますわ。わたくしそれが嬉しいのです。わたくしはアレックスさまの中に生まれた気持ちの芽を育てたい。だからおそばにいたいのですわ」

ミ、ミーニャあぁああ！　早く来て！

僕、オフィーリア嬢には、気持ちが揺れないと断言出来ない！

「――グレース」

「はい、オフィーリアさま」

ドアの脇に控えていた専属侍女が、背中を向けたままのオフィーリア嬢に、名前を呼ばれて返事をする。

ただお世話をするだけのメイドと違って、知性、教養、マナーの求められる仕事だ。

貴族の令嬢がなることが多いけど、それでもなれる人は少ない上級職なんだって。

グレースさんは、オフィーリア嬢以上に表情を変えない、灰色の髪の毛に茶色の目をしたキレイな年上の女の人だ。

確か護衛も兼ねていると以前オフィーリア嬢から聞いたことがある。護衛を兼ねた専属侍女とか、ホント規格外だよね。

家令補佐のジャックさんも護衛を兼ねてると言っていたから、こんな少人数でも少数精鋭で、こんなところまで来れたんだろうな。

「ジャックに伝えてちょうだい。わたくしここに住もうと思います。家を手配して、と。もうオーウェンズ伯爵家には戻らないわ。あなたたちもそのつもりでね」

「かしこまりました」

お辞儀をしてグレースさんが叔父さんの家を出ていくと、すぐにまた家の中に戻ってきた。

ジャックさんへの連絡をしてきたようだ。

「すぐに手配するそうです。準備に時間がかかるようであれば、今夜は宿に」

「そう」

えええええっ⁉

「アレックスさま、わたくし、もう少しこちらにいてもよろしいですか？　今わたくしの新しい家を手配させておりますの」

オフィーリア嬢が笑顔でそう言う。

「え？　え？　あの……。ほ、ほんとに住むの⁉　貴族の若い女性が住むには、つまらないでしょ⁉　なんにもないところですよ？」

なんとか彼女を帰そうとそう言うと、オフィーリア嬢はニッコリと微笑む。

「アレックスさまがおりますもの。わたくしには楽しい場所ですわ」

う、うう……。恥ずかしい。

「そうと決まれば、お金を稼がなくてはね。家を買ったらそれでお金がなくなってしまうもの。何かよい仕事はないかしら」

オフィーリア嬢が独り言のようにそう言うと、グレースさんが助言する。

「差し出がましいことを申し上げますと、冒険者はいかがでしょうか？」

「冒険者？」

「はい。オフィーリアさまは火魔法と土魔法のスキルを得られております。魔力の基礎値も高く、向いている仕事かと」

「まあ！　それはいいですわね！」

オフィーリア嬢が嬉しそうに言った。

伯爵令嬢が冒険者だって⁉

「ダメダメダメ！　そんな危険な仕事、オフィーリア嬢にさせられないよ！」

僕がそう言うと、オフィーリア嬢は嬉しそうに微笑んだ。

「わたくしのことを心配してくださるのですね。とても嬉しいですわ。それでしたら、わたくしには何が向いておりますでしょう？」

え？　オフィーリア嬢が仕事をするなら？

ううん、そうだなあ……。

そもそも令嬢は領地の経営以外、することないからねえ。結婚しても社交しかしない御婦人方だって多いと聞くしね。

結婚……。

『アレックスさま。一緒に夕食をいただきましょう？　——あら、これとても美味しいですわ。ほら、あーんしてくださいまし』

愛おしげな笑顔で僕にフォークを差し出すオフィーリア嬢。

『アレックスさま、そ、その、わたくしたち夫婦ですもの、一緒にお風呂をいただいてもよろしいですか……？』

バスタオルを巻いて、髪を上にまとめただけの姿で恥じらうオフィーリア嬢。

『き、貴族のつとめですので、早く子どもを授からなくてはいけませんわ。跡取りが生まれるまで、わたくしのことをたくさん可愛がっていただけますか……？』

裸のオフィー……うわあああぁあああ！

散れっ！　散れっ！　変な妄想！

オフィーリア嬢が戸惑っている。

「裸のわたくし……？」

ちょっと待って⁉　今の口に出てた⁉

「違う！　違うから！」

僕は真っ赤になって顔を隠した。

「そ、そのようなはしたないことは、その……。まあ結婚いたしましたら、もちろんやぶさかではございませんけれど……」

オフィーリア嬢も真っ赤になって僕から目線を逸らした。

僕も同じく恥ずかしさで俯いてしまう。お互いしばし無言だった。

——コンコン。

グレースさんがドアを開けると、外に家令補佐のジャックさんが立っていた。

「オフィーリアさま。家が見つかりました。こんなこともあろうかと、事前に目をつけておいた場所を、うまく買い取ることが出来ました。今から快適に住める状態にいたしますので、もう少々お待ちくださいv」

仕事早っ!! 流石家令よりも仕事が出来ると評判のジャックさんだよ。

ていうか、ほんとに住むの!?

「それはよかったわ。——アレックスさま、もう少しで家の準備が出来るようですので、もう少々お待ちいただけますか……？」

これはもう、帰ってって言っても駄目なやつだよね。家、買っちゃったんだあ……。

僕がうなずくと、オフィーリア嬢は美味しそうに笑顔で紅茶を飲んだ。

正直、ミーニャにプロポーズする前なら嬉しかったと思うけど、今の僕としては、ミーニャと暮らすために頑張る気持ちが揺らぎそうで困るよ……。

いや、僕がしっかりしてればいいってだけの話だけどさ?

——クーッ。

ん？ 今のなんの音？ 僕がキョロキョロしていると、オフィーリア嬢が恥ずかしそうに両手で頬を押さえてる。

「そ、その……。申し訳ありません。はしたない音を……」

あ、オフィーリア嬢のお腹の音か。

――グーッ。

僕のお腹の音も鳴る。あとで食べる予定でお弁当を持って帰ってきたのに、まだご飯を食べていなかったものね。そういえばお腹すいたかも。僕はオフィーリア嬢にちょっと待ってて、と声をかけた。

「叔父さーん！　お昼ご飯にしよう！」

奥の部屋に叔父さんを呼びに行く。

「ん、なんだ、終わったのか」

「ううん。このへんに家を買ったんだって。住めるように準備するまでの間、少しここにいさせてほしいって言うから、その間にお昼ご飯にしたいなと思ってさ。オフィーリア嬢もお腹がすいてるみたいだし」

「――家!?　引っ越しの挨拶だったのか？」

ううん、今さっき買ったみたいだよ……、とは言えなかった。

叔父さんが、お弁当だけじゃ足りないから家の裏で血抜きをしていた一角ウサギを使おう、と言ったから、解体の仕方を教えてもらうことにした。

裏手に行くと、一角ウサギが逆さまに屋根から吊るしてあった。

「下腹部から喉のあたりに、解体用のナイフを切り上げるんだ。そしたら胃と腸を取り出す。足を脱骨させて……、そう。さらにお腹を開いたら、肛門までしっかり切るんだ」

叔父さんに言われた通りに切り進めていく。

ここから皮を剥がすんだ。皮は冬に着る服や、布団に使ったりするんだって。

足首に切込みを入れたら、お腹から外側に向かって皮だけを解体ナイフで切ってやる。

するとあら不思議。

手で皮を引っ張ると、服を脱ぐみたいに皮が綺麗に剥がれたんだ！　皮ってこんな簡単に剥がれるものなんだなあ……。

引っかかるところだけを解体ナイフで切って、膜と皮を切り離していく。

前足だけはちょっと大変だった。

まずは骨をはずして足を切り取ってやる。これがうまく出来なかった。なんとかかんとか切り取って、足を折り曲げて、まるでズボンを脱ぐみたいに皮を剥いでいくんだ。

これまたツルーンと脱げた。最後に顔の皮を剥がすんだけど、角が頭蓋骨から伸びているから、ここは簡単には出来なかった。

耳の付け根まで切ったら、耳の骨を解体ナイフで切り落として、ナタをハンマーで上から叩いて、角を落としたら解体完了だ。

「ふう……」

気が付けばじっとりと汗がにじんできてて、腕で額の汗を拭った。

「初めてにしちゃうまいぞ。数をこなせば手際もよくなる」

と叔父さんが褒めてくれた。

ほんとはすぐにお風呂に入りたいとこだったけど、うちはシャワーがないから、とりあえず手を洗って服を着替えた。

叔父さんと作ったお弁当のサンドイッチだけじゃ確かにこの人数だと足りないものね。解体したばかりの一角ウサギの肉を使って肉野菜炒めを作った。

市場で買った果物と、肉野菜炒め、サンドイッチ、それとスープが今日のお昼ご飯だ。

干し肉はまた別の機会に食べるとしよう。

「さあ、どうぞ。グレースさんも一緒に」

そう言ったら、4人分の食事が並んだテーブルを見てグレースさんが困惑している。

「僕は今は平民ですから。気になさらないでください」

グレースさんは困ったようにオフィーリア嬢を見ている。

まあ、普通は従者は一緒にご飯を食べないからね。

「わたくしたちは今後この土地で暮らすのですもの。一緒に食べてくれたら嬉しいわ」

オフィーリア嬢はグレースさんの様子を見て微笑んだ。

「かしこまりました」

そう言ってグレースさんも席に着いた。

みんなでお昼ご飯を食べる。

「これは……一角ウサギの肉ですね」

「そうなのですか？　わたくし初めて口にしましたわ。とても美味しいのですね」

オフィーリア嬢は嬉しそうだ。

グレースさんは魔物肉を食べ慣れているのかな？　食べて分かるってことは。

「ただ、オフィーリアさまが召し上がられるには、少し肉が硬いですね」

「まあ……、確かに、普段貴族が食べる肉と比べると硬いですよね」

僕はグレースさんの言葉に目を丸くした。

手厳しいなあ。

専属侍女になる人は、客側として出された料理にケチを付けるような、礼儀知らずではないと思うんだけど……。貴族がやり合う時に言うことはあるけどね。

「差し出がましいようですが、一角ウサギは叩くと少し柔らかくなります。それと重曹を溶かした水につけるのもいいですね。すべての肉が柔らかくなります。参考までに」

グレースさんがそう教えてくれる。

料理をする人なのかな？　オフィーリア嬢がここで暮らすのに料理人もいないんじゃ、と思ったんだけど、ひょっとしてグレースさんがするのかもね。

「そうなのか。今度ぜひ試してみよう。教えてくれてありがとう。相変わらず、色々と詳しいんだな」

「いえ。大したことではありません」

叔父さんにお礼を言われても、グレースさんは無表情に肉を食べていた。……というか叔父さんとグレースさんって、知り合いなのかな？

知り合いの叔父さん相手だったから、グレースさんも正直に感想を言ったってことなのかもしれないな。それにしても、いったい2人はいつ知り合ったんだろう？

そんなことを考えながらお昼ご飯を食べていると、家令補佐のジャックさんが戻って来て、準備が出来ましたと告げた。

本当に何から何まで素早いなあ！

「それでは、わたくしたちはこれで失礼させていただきます。幼い頃のアレックスさまの話し方のままで、なんだかとても懐かしかったですわ」

そう言って、オフィーリア嬢が愛しげに僕を見つめてくる。

ご飯を食べながら、叔父さんとしゃべってたら、ついついいつもの話し方になってたんだけど、そのことを言っているのだろう。

平民としては普通だけど、幼児語を話してると言われたみたいで、ちょっぴり恥ずかしかった。

僕と叔父さんはオフィーリア嬢とグレースさんとジャックさんを、家の外まで見送ることにした。

「それではまた。これからはお隣ですわね。ここでの生活を楽しみにしておりますわ、アレックスさま」

そう言って微笑むオフィーリア嬢に、僕はなんと言っていいか分からなかったのだった。

◇　◆　◇　◆　◇

「……なるほどな。これがその、この1年に鑑定を受けた者のスキルと、所在地一覧を記した書類というわけだ」

「さようにございます」

スキル保持者の所在地一覧を記した紙束をめくる白髪の老女の前で、長い髪を先端で1つに束ねたメガネの美女が片膝を立てて跪《ひざまず》きながら頭《こうべ》を垂れていた。

暗い茶髪に青い目のその容貌は、髪色と服装こそ違えど、さびれた酒場で給仕をしていた女にほかならなかった。

もっとも、あの日は、より目を引くように顔にソバカスを描き加え、眉のところに傷を塞ぐ貼り薬を貼っていたが。

人は一回会っただけの人物の場合、大きく容貌を変えずとも、強く目を引くものがあれば、そちらのほうが印象に残りやすいものだ。

彼女から紙束を盗まれた男たちが、店員の人相を聞かれた際は、ソバカスのある美人、または眉に怪我をした美人、と答えただろう。

もしも同じ服装、同じソバカス、同じ貼り薬を眉に貼った美女を目の前に立たせ、店にいた店員は彼女かと尋ねたとしよう。男たちは、目の前の人物を、迷わずあの日いた店員と同一人物であると答えるであろうことを、女は経験上知っていた。

その彼女の正体は、任務に当たる際には変幻自在のマリンと呼ばれる。本名は誰も知らない。

自分でもついぞ忘れてしまった。

隠しきれない豊かな胸と、張りのある尻、美しいクビレを持っているが、任務の際に必要以上にそれを活かすことはなかった。

「何やら怪しい動きをしていると報告を受けていたが、スキルの持ち主を探していたとはな。先日祭司長が陛下に報告をあげた、勇者さまの件か……」

ブルネットの髪を撫でつけた、青い目の中年男性が、後ろ手に手を組みながら真っ直ぐに立ち、感想を漏らした。

「そのようだ。ななつがまだ何であるのか分からないから、それらしい人物を片っ端から当たるつもりであったのだろうが、どちらにせよ王族に対する反発行為に他ならない」

「エリンクス公爵、アルグーイ公爵、特にあの2人は要注意人物だ。引き続き複数態勢にて、共に監視に当たるように」

「はっ」

彼らは王族の影と呼ばれる組織。人知れず王家にあだなす者たちを監視し、その動向を探り、必要であれば阻害し排除する。

この白髪の老女とブルネットの中年男性は、それぞれ頭領と副頭領として組織の中心人物であった。

「オフィーリアさまは、くだんの相手と婚約破棄をなされた。だが、新しい婚約者を受け入れずに逃げ出したとの報告を受けている。こちらも進めていかねばな」

オフィーリア・オーウェンズ伯爵令嬢は、過去にミネルバ・ルドム・リシャーラ王女殿下が降嫁した過去を持つ家系だ。

その時点ではあくまで婚約者候補としての打診ではあったが、オフィーリア嬢は元より大変優秀で、次代の王妃はおそらく彼女で決まりであろうと言われていた少女である。

そこにきて、オフィーリア嬢が鑑定で、火魔法レベル４と、土魔法レベル３をいきなり付与されたことが分かったのだ。

通常は最初からレベル３を付与されるだけでもかなり珍しい。聖女か賢者の可能性があるのではと周囲は色めき立った。

聖魔法ではないため聖女はありえないだろうが、どちらであっても王家の血筋に欲しい。

元より王家の血を引いた高貴なる存在だ。

当初は隣国の姫との婚姻を優先していた関係から、国内での王太子の婚約者候補探しは、あくまでもそれが叶わなかった場合の防衛策の１つに過ぎなかった。

そのため打診した当初は、ただの候補の１人であったが、こうなると話は変わってくる。

隣国の姫が無理であれば、我が国の姫の血につながる血縁者を引き入れたい。

そして王家に久しく現れていない、金色の目を持つ子どもを生ませたいのである。

王家はまだ諦めていなかった。

なかなか今の婚約者候補たちが、候補のまま王太子の婚約者にならないのも、キャベンディッシュ侯爵家からオフィーリア嬢を奪う隙を窺っていたからだ。

婚約している令嬢を無理やり奪えば、流石に王家とて国民からの非難は計り知れないが、傷心の伯爵令嬢に、ずっと想いを寄せていた王太子が手を差し伸べたという筋書きであれば、むしろ国内外からの評価が高まる。

「オフィーリア嬢がこのままキャベンディッシュ侯爵家との婚姻を拒めば、いずれ婚約破棄となるであろう」

ブルネットの男性が、頭領から受け取った紙束を一瞥してから言う。

「その時にもしもキャベンディッシュ侯爵家側に問題があり、オーウェンズ伯爵家側から断るのであれば、彼女に傷はつかない」

頭領が男性の言葉に頷いて返す。

「キャベンディッシュ侯爵家から婚約破棄をした場合も、一時的に社交界での立場は損なわれるであろうが、元々の予定通りになるだけのこと。彼女であればすぐにその風評は撥《は》ね返すであろうとのお考えだ」

「その折に王家より婚約の打診をすれば、もはやオフィーリア嬢も断れまい。貴族の婚姻はその親に権利のあるもの。また同時期の打診であれば、王家に優先権のあるものだ」

「我々はそのために動かなくてはならない。——確か今、お前の弟子がオフィーリアさまについていたな、マリン」

「はい。不肖の弟子ですが。今はオフィーリアさまの命にて、その元婚約者を護衛しているようです。先ほどオフィーリアさまは、その者のところに身を寄せたと報告が」

「なんと」

白髪の頭領が驚く。

「まだ執着なされていたとは」

「よもや駆け落ちをなされたのでは……」

「それは流石に外聞が悪過ぎますぞ。隣国とはいえ過去にはフレシィティ王妃の前例もある。駆け落ちした令嬢を王妃に据えるのは不可能だ」

「いえ、一方的にオフィーリアさまが追いかけただけのようです。現状は、ですが」

「ふむ……」

「なればその弟子に、こちらにも報告をあげさせなさい。元キャベンディッシュ侯爵家令息の動向をつぶさに観察し、オフィーリアさまと近付き過ぎないようにさせるのだ」

「マリンの弟子に気を引かせてはどうか？」

「出来るのか？」

「……確実とは申せませんが。ご命令とあらば」

「どんな手段を使って籠絡《ろうらく》しても構わん。オフィーリアさまと関係を深める前に、元令息を我らの傀儡《かいらい》とさせるのだ」

「――御意」

そうは言っても、あの子に誘惑なんて出来るのかしら？　最悪私がやらなくちゃ駄目かしらね……とマリンは思うのだった。

第十二話　デビルスネークの脅威

僕と叔父さんがオフィーリア嬢を見送ろうとしていたその時だった。

山に登る細い道の間から、突然焦った様子のヒルデが飛び出して来た。みんな驚いてヒルデのほうを見た。

「くっ……！　こんなことになるなんて！　――アレックス！　逃げて!!」

「え？」

僕たちに気が付いたヒルデがそう叫ぶ。

どうやら腕に怪我もしてるみたいだ。右手で血の流れた左腕を押さえている。

ヒルデはメスのデビルスネークのFランククエストを、さっき単独で受けて討伐に向かったはずだ。限りなくBランクに近いCランクのヒルデからしたら余裕で達成出来る内容だよね。

なのに、いったいどうしたんだろう？

「――何があった」

叔父さんも顔色を変えてヒルデに聞いた。

「……1体じゃなかったの」

「え？」

「だから、たくさんいたのよ！」

焦ったようにヒルデが言う。

つがいのオスは、さっき僕たちが、というか、レンジアが倒したから、メスしかいないはずだ。

デビルスネークはつがいで行動する魔物で、群れをなすわけじゃないから。

「メスは既に卵を何度も生んで、それが孵化《ふか》していたのよ。８０体以上の子どものデビルスネークが一斉に襲いかかってきたわ。腕を噛まれてしまって……このザマってわけ」

「なんだと!? まだ孵化するには早過ぎる！ オスが餌を集めている間は、メスは卵を生んでいる最中だ。それに、デビルスネークの産卵は年1回だ。続けて生むなんてことは……」

叔父さんが眉をひそめて言う。

「メスは、見たことのない黒紫色をしたデビルスネークでした。亜種かもしれません。亜種の生態は分かっていないので、ひょっとしたら何回か生むのかも……」

「亜種か……。なんてことだ。亜種は本来の魔物とは性質がまったく異なることもある。そいつが亜種なら、確かにありえない話じゃない」

「てことは、ほんとにこの山に、デビルスネークが８０体以上もいるってこと？」

「いや、山からそいつらが下りてきてるの。――早く逃げて！」

そう叫んだヒルデの背後で、山の木々たちが、バキバキッパキッバキッ！ と音を立て、木々にとまっていたのだろう鳥たちが、一斉に空へと飛び立って行った。

ズルズルと体を引きずりながら、巨大な黒紫色のデビルスネークと、その半分くらいの大きさの、子どものデビルスネークたちが、僕らの前に姿を現した。

既に生まれて時間が経っているのだろうか。母親よりは小さいものの、大小サイズの違う大量のデビルスネークがこちらを見ている。

みんなこちらを見下ろして、真っ赤な舌をチロチロとさせている。これは周囲を調べているんだって。……空気中の味とか。自分を味見されてるみたいな気持ちでなんか怖い。

「……お前たち、早く逃げろ。俺1人ならなんとかなるが、お前たち全員を守りながらは、流石にきつい」

叔父さんが腰に提げている、ショートソードと、小さな盾を腰からはずして、僕らを守るように前に出て構えた。

こんな魔物のいる山の近くに住んでると、いつなんどき、何があるか分からないからな、と前から言っていたけど、ほんとにこんなことになるなんて。

僕は素手だし、ヒルデはやられてしまっている。オフィーリア嬢は火魔法と土魔法が与えられたけど、たぶんまだ魔法の使い方を習っていないから、戦力にはならない。

レンジアはさっき僕を守ってくれたけど、本来オフィーリア嬢の手のものだから、オフィーリア嬢に危険が迫ってるとなると、僕たちよりオフィーリア嬢を優先するだろう。

他に戦えるとすれば、護衛のグレースさんとジャックさんだけど、2人だってオフィーリア嬢を守るのに手一杯だ。つまりここで1番危ないのは、僕とヒルデの2人だけだ。

「——ヒルデ、行こう。僕らが1番足手まといになるよ。家の中に入るんだ。すぐに怪我の手当てをするから……」

「ええ。そうね。厄介をかけるわ」

ヒルデは青い顔をして頷いた。デビルスネークに噛まれてしまったというから、毒が全身に回ってしまっているんだと思う。

「我々も加勢いたします」

「アレックスさま、オフィーリアさまを」

ジャックさんとグレースさんが、オフィーリア嬢を守ろうと前に立ち、それぞれ武器を取り出した。

ジャックさんは腰に提げていた長剣に魔法をためている。

――あれは魔法剣士か！　凄い!!

グレースさんはマジックバッグから、巨大な盾を取り出すと、デビルスネークからは目を離さずにジャキジャキッとそれを伸ばして武器に変えた。

盾が変形して、剣の先に盾が装備された武器に変わる。盾であり、武器にもなるなんて凄い。

「剣を内蔵した武器なんて初めて見るよ！　凄くカッコいいね！」

「あれ、変形斧ですわ、アレックスさま。盾の部分が斧になるのです」

オフィーリア嬢が教えてくれる。グレースさんは斧使いなのか。

「ジャックもグレースも、わたくしの護衛を出来るだけあって、セオドアさまのお邪魔にはならないと思いますわ。わたくしたちは今のうちに家の中に移動いたしましょう。彼女の毒の状態も心配ですわ」

「うん、そうだね」

僕らが動こうとした瞬間、それに反応したようにデビルスネークが飛びかかって来る！

グレースさんの盾がそれを防いだ。

「デビルスネークは熱を感知して反応します。お気を付けて」

「はい、すみません、ありがとうございます！」

「……くっ！　きりがありませんね！　こちらの動きに合わせて別のデビルスネークが飛びかかって来ます。オフィーリアさまを逃がすのが難しい。――グレース！」

「私が気を引くわ！　来なさい！」

「さあ、こっちだ！　デビルスネーク！」

グレースさんと叔父さんが、僕らとは反対側に移動しつつ、デビルスネークに攻撃をする。大半のデビルスネークはそっちに気を取られた。――だけど。

1番大きな母デビルスネークが、まったく進行方向を変えることなく、悠然とした動きで、ズルズルと僕たちのほうに近付いてくる！

「ウインドカッター！」

ジャックさんが魔法剣を横一線に振ると、刃の形に変化した風魔法が、巨大なデビルスネークに向かって飛んで行く。

巨大なデビルスネークは、それを口から大量の毒液を吐いて相殺してしまう。

「くっ……！　これが亜種の力か……！」

「俺が代わろう！　こっちを頼む！」

「……すみません……！」

ジャックさんと入れ替わりに、叔父さんが巨大なデビルスネーク亜種と対峙する。

「よりにもよって亜種とはな……！　たかがデビルスネーク、されど生態が分からないというのは、Sランクの俺といえども油断は出来ん……！　そのままゆっくり、デビルスネークを目を合わせたまま、後ろに下がるんだアレックス！」

「分かったよ、叔父さん！　行こうヒルデ！　オフィーリア嬢も一緒に！」

「は、はい……！」

「こんな時に動けないなんて……！」

僕はオフィーリア嬢とヒルデを後ろにかばいながら、デビルスネークと目を合わせつつ、ゆっくりと後ろに下がった。

巨大な目がこちらを睨むように、瞬きもせずに見ている。背中に汗が伝った。

——その時だった。突然デビルスネークが空中に体を伸ばして首を持ち上げ、大きく息を吸い込むように口を開けた。

「……なんだ……⁉　何をしている⁉」

叔父さんにも予想外の行動だったらしい。デビルスネークから視線を逸らさないままだが、驚愕している。

突然デビルスネークの鱗の隙間から、紫色の体液がにじみ出て来たかと思うと、それが鱗全体を覆って、まるで鳥が羽を逆立てるかのように全身の鱗がバッと開いた。体の下には既に新しい鱗が出来ている。

「――毒の鱗を飛ばす気か!!」

デビルスネークの意図に気が付いた叔父さんが、慌てた様子で僕を振り返った。

「アレックス！　鱗を勢いのある大量の水でふっ飛ばして流せないか!?　あの数は流石に処理しきれん！」

「え!?　え？　ええっ!?」

「アレックスさま！　――危ない!!」

一瞬動けずに戸惑う僕の前に、オフィーリア嬢が立ちはだかり、両手を広げてかばおうとする。

「「オフィーリアさま!!」」

ジャックさんとグレースさんがオフィーリア嬢に駆け寄って来る。

だけどあんなたくさんのデビルスネークの鱗を、いくらなんでも、叔父さんとジャックさんとグレースさんだけじゃ、僕らを守りながら撃ち落とすなんて無理だ！

水！　勢いのある大量の水で鱗を押し流せれば、何とかなるかもしれない！　オフィーリア嬢を！　みんなを守らなくちゃ!!

「オフィーリア!!　ううう、海ー!!」

僕は強い波をイメージしながら、スキルを発動させた。

眩しい光の奔流に包まれたかと思えば、扉が現れて勝手に開いていく。

そして、大量の海の水そのものが、扉から勢いよく溢れ出し、ダッパーン!! とデビルスネークたちにぶち当たった。

海水に呑み込まれ、デビルスネークたちはぐるぐると目を回し、一緒に薙ぎ倒されて流れた木に何度もぶつかりながら押し流されていく。それを見た叔父さんが唖然としていた。

「――お、俺の畑が……」

そ、そうだった！ このまま海水を流したら、僕らの食料が全部駄目になっちゃうよ！

「も、もどれえー!!」

僕は魚を戻した時みたく、海水を扉の向こうに戻すイメージで念じた。

すると、まるで逆回転でもするみたいに、デビルスネークたちを押し流した海水が扉の向こうに一気に戻っていく。そしてまるで何事もなかったかのようにキレイな畑と、海水で折られたたくさんの流木と、気絶しているデビルスネークたちだけが残ったのだった。

「今のはいったいなんだったの……？ 物凄い大量の水が現れたけど……」

ヒルデは呆然としている。

「凄いですわ、アレックスさま！」

オフィーリア嬢がキラキラした目で僕を見つめていた。

「アレックスさま、あなたは水魔法使いだったのですか？ それもこれは、魔導師レベルの魔法ですよ……!?」

「え、えと……」

ジャックさんが、驚愕の表情で僕を見つめている。なんて答えたらいいのか分からなくて、僕は叔父さんのほうをチラリと見た。

「いえ……、その場に魔法を使用した痕跡を残さないなんて、現代魔法とは思えません。それにアレックスさまは、ユニークスキルの使い手だと報告を受けております。それゆえ、こたびの婚約破棄がなされたのですから」

グレースさんがそう補足する。

「では、古代魔法でしょうか⁉　どちらにしろ魔法使いであるのなら、キャベンディッシュ家の次期当主の座を剥奪するのは、おかしいと言えますわね」

僕との婚約破棄をなかったことに出来ると思ったのか、オフィーリア嬢が嬉しそうに、ウンウンとうなずきながらそう言った。

いや、僕のスキルは〈海〉……です……。

「アレックスさまが次期当主に戻られるのであれば、問題なく、わたくしの婚約者の座はアレックスさまで決まりですわね！」

「キャベンディッシュ家？　次期当主？　それに婚約者の座って……。——ってあんた、貴族だったの⁉」

オフィーリア嬢との会話を聞いていたヒルデが僕を指さして言う。

失礼ですよ、とグレースさんがヒルデをたしなめている。

嬉しそうにしているオフィーリア嬢に、ますますなんと言ってよいか分からなくなる。

お、叔父さあん……。

叔父さんはため息をつくと、

「ああ、そうだ。オーウェンズ伯爵家の者なら知っているだろうな。——アレックスのスキルはユニークスキルだ」

自分のマジックバッグに、気絶しているデビルスネークをしまいながら代わりに説明してくれた。

「とりあえず、冒険者ギルドに報告をしてから詳しい話をしよう。それからヒルデさん、君の討伐は失敗として報告する。それでいいな？」

「……はい、もちろんです」

叔父さんにそう言われて、いたたまれない表情でうなだれるヒルデ。

「何、そうがっかりすることもない。亜種が８０体以上、それも冒険者じゃない一般人を守りながらだ。君じゃなくても普通は１人じゃ倒せんよ」

そう言って笑う叔父さんに、ヒルデは少しだけホッとしたような顔になった。

「それに人里に下りてきたことを、誰より早く報告してくれたんだ、功績は大きいさ」

「はい……！」

「じゃあ、家の中で少し待っていてくれ。オフィーリア嬢も、帰ろうとしていたところ申し訳ないが、それで構わないかね？　山にもうデビルスネークがいないことが確認出来るまでは、外出禁止になると思う」

「僕、ご近所さんに知らせて回ったほうがいいかな？　ご近所さんも危ないよね？」

「いや、お前も危ないから駄目だ。俺が狼煙《のろし》をたいておくからだいじょうぶだ」

「分かったよ、叔父さん」

「それよりお前は彼女を手当てしてやってくれ」

「うん、行こう、ヒルデ」

「う、うん……」

なぜか僕と距離を取って歩くヒルデを家に招いて、キッチンの椅子に座らせて、テーブルの上に叔父さんの救急箱を載せた。

「ごめん、解毒薬はあるかしら」

初級ポーションを僕が取り出したところでヒルデが言った。

「――解毒薬？」

「あいつは、牙に強い毒を持っていたのよ。手持ちの解毒薬をぜんぶ使っても、さっぱり効かなくて……。飲むより傷口にかけたほうが、早く毒が消えるのよ」

ポーションで傷口を塞いでしまうと、解毒薬を傷口に使えなくなるから、先に解毒薬を使う必要があったそうだ。それでずっとポーションを使えなかったのか。なるほどね。

傷口からの毒を治すには、飲む場合かなりの量が必要になるそうで、逆に毒が口から入っちゃった場合なんかは、飲んだほうが少ない量で早く効くらしい。

だけど残念ながら、叔父さんの救急箱の中には、解毒薬はなかった。――そうだ！　冒険者のアイテムボックスの中身をマジックバッグに移した時に、解毒剤があったっけ！

「ちょっと待ってて、取ってくるよ」

僕は2階の部屋に上がると、マジックバッグから解毒剤を取り出して戻ってきた。

「はい、これ解毒剤だよ。かけるね」

「――え？」

一瞬ポカンとしたヒルデは、何かを言いたげにしていたが、気にせず僕は解毒剤を使った。

「……消えたかな？」

「消えたわ。けど、そんな高い物じゃなくてもよかったのに。なんか悪いわ」

ヒルデが申し訳なさそうに言う。

「……これって高いの？」

「まあ、普通の解毒薬よりかは？　体力回復とスタミナ回復がついてるやつだもの。ポーションとスタミナ回復薬と解毒薬がセットになった感じ？　別々に使うよりも少しお高いわね」

ヒルデいわく、戦闘中に別々にポーションと解毒薬を飲んでる暇も惜しいような時に、毒を使う魔物相手に戦う場合に使う物らしい。

「そうなんだ。けど、今はこれ以外は解毒草しかうちにもないから……。ヒルデのおかげで助かったし、薬くらい大したことないから気にしないでよ」

そう返してから、ヒルデに、スタミナって何？　と聞いてみた。聞いたことのない単語だった。

僕は家庭教師にスタミナを気にしなさいなんて、一度も言われたことがないからさ。

スタミナは特に近接職にとっては大切で、ヒルデが大技を繰り出す時には、一気にスタミナが減るのを感じるらしい。

どのくらい減ったのか見れないから分からないけど、実際スタミナ回復薬を飲むと、連続で攻撃が出来るようになるんだそうだ。

あまり技を繰り出し過ぎると、歩けなくなっちゃって、逃げるのも大変になるから、適度なところで回復しなくてはならないそう。

特に双剣使いには、スタミナって技を使うのに大切なんだそうだ。いくらお金があっても足りないのよね……。とヒルデがぼやく。

だからいっつも、稼げるクエストを探していたのか。双剣を使い続ける限りは、レベルアップにお金がかかって仕方がないから。

さっきまで戦っていて、かなりスタミナを失っていたけど、解毒剤を飲んだことですっかり回復したわ、とヒルデは嬉しそうだ。

なるほど、だから僕は教わらなかったんだな。魔法使いはスタミナなんて気にしないもの。僕が気にするのはＭＰのほうだ。

魔力切れを起こすと、最悪気絶もありうるのが魔法使いの特性だ。気絶するほど魔力を使うと、ＭＰの上限が増えるけど、魔力切れって、かなり気持ち悪くなるんだよね……。

僕の弟のリアムも訓練してるのを見たことがあるけど、リアムは僕より体質に合ってないのか、たまにお昼ごはんが食べられなくなるくらい、気持ち悪くなっちゃうみたい。

そんな話をしているうちに、解毒剤には体力回復――つまりポーションの効果がセットになっていたから、ヒルデの傷口がみるみるうちに塞がっていく。

「うん、もうだいじょうぶみたい」

傷口が大きいと、上級ポーションじゃないと傷が残ることもあるのよね、と、ヒルデが腕を振ってそう言った。

毒は強かったものの、デビルスネークの牙による傷口は小さかったから、ポーションの効果でも足りたみたいだ。

叔父さんのあとを追いかけて、私も冒険者ギルドに報告に行くわ、と言うので、僕は玄関でヒルデを見送って別れた。

【皆さんが無事でよかったですね。早く私のことも解放してくださいね。待ってますよ？　オニイチャン】

僕の頭の中に、突然そんな文字が浮かんだ。

オニイチャン⁉　どういうこと⁉

レベルアップを教えてくれていた言葉は、ただのスキルの効果じゃないの⁉

番外編　アレックスさま観察日記

私はコバルト。これは本名じゃない。私に名前はない。

王家の影が任務に当たる際の特別な分類名だ。

本名のある人もいる。

お師匠さまの分類上の名義はマリン。代々王家の影をしている一族の人間で、分類名と別に本名があるらしい。前に聞いたら、もう忘れてしまったわ、と言っていた。

私は拾われて教育された孤児だから本名はない。

気付いた時には1人だった。幼い頃の記憶はほとんどない。奴隷として売られていたらしいことリーグラ王国から買ってきたと聞かされた。自国の奴隷は影に出来ない法律があるが、他国の奴隷にはそれは適応されない。だから私は影として育てられた。

私の体には人間にはない特徴がある。それが親から捨てられた理由だろうとも言われた。どの種族からも同族とは受け入れられない見た目らしい。

でも王家の影には関係ない。影として使える実力があるかないか。ただそれだけ。

私は使える子どもとして認定された。

だから王家の影に買われた。

家族はいないけど、お師匠さまが家族のように育ててくれた。王家の影になれ合いはいらない。だからお師匠さまは変わった人。

でも、あったかい人。

お師匠さまは捨て子じゃない。一族は皆王家の影。だから私と違って家族がいる。

だけど王家の影は家族であっても、敵対する依頼主につけば敵になる。

だから家族の触れ合いは、親子といえど少ないのよ、と言った。いつも一緒にいられる家族が欲しくて、私の師匠に名乗り出たと。

お師匠さまはやっぱり変わった人。

他の国にも王家の影はいる。一族で構成されている場合もあるし、違う場合もある。

仕える国が違えば同じ一族でも敵。仕える相手が違えば、同じ国の影でも、敵。

互いの任務内容は知らない。それが鉄則。

主人を選んでいると上の人は言った。

主人を見限ることもある。影に見限られて滅んだ国もある。上の人はそう言った。

この国は腐っている、と上の人が言った。

リシャーラ王国では、政務に携わる人にだけ、王家の影をつける決まり。いつから決まったか分からないけど。

だから先代王の母君と、そのさらに母君の依頼で、ひ孫のオフィーリア・オーウェンズさまに影がついている。そして今の王さまと、王さまにつけられた影が、そのまま王子さまについてる。

王子さまにつけられた影の役目は護衛と監視だけ。でも王さまに報告することもあれば、しないこともある。

それは王家の影として、主を見定めているから。らしい。その上の人が言う。今の王さまと王子さまは腐っている、と。王家の影に見限られる日も近いのかもしれない。

そうなったらこの国は終わり。影のいない国は、情報戦で他の国に勝てない。

それどころか、他の国の影を防いでるのも私たち。相手に情報が筒抜けになる。

この国がなくなったら、オフィーリアさまはどうするのだろう？

今の任務は楽しい。出来ればオフィーリアさまについていきたい。

私たち王家の影は、そう呼称されているだけ。王家に縛られているわけじゃない。

ついていく人は王家の影が自ら選ぶ。今まではリシャーラ王国だったというだけ。

所有されているわけじゃない。私たちは本来主従関係のない自由な存在。

今回の任務は、護衛対象からの依頼。

私たちが所属する影。依頼主がいる。

国王の祖母が私たちの依頼主。ひ孫であるオフィーリア・オーウェンズさまに対する護衛と監視命令。今回は護衛対象の命令を聞くという特別な依頼。もちろん護衛もする。

他の王家の影と交代でオフィーリアさまを監視して依頼主へと報告。数名の影で交代して護衛に当たる。オフィーリアさまはお父さまが嫌い。時々嫌がらせをしている。

嫌がらせ役はたいていカナリー。

あの虫狂いは常に毛虫を携帯している。

オフィーリアさまのお父さまは、大の毛虫嫌い。いつも悲鳴を上げて逃げ回る。

カナリーはそれを、喜んでいると思っている。虫狂いの同好の主だと思っている。

虫狂いなんてこの世に1人だけだと思う。

カナリーはいつも私をからかってくるから嫌い。変装擬態のコバルトなのに、変態のコバルトと略してくる。変態はお前。私じゃない。私が虫嫌いだから向こうは私のことを嫌っている。

勝手に嫌っててほしい。最初は私のことが飼っている毛虫に似てるとの理由で、気になっていたらしい。いい迷惑。毛虫に似てるが褒め言葉だと思ってる。本当に変なやつ。

でもオフィーリアさまは、毎回お父さまを苦しめるのに有効だと、カナリーが毛虫を携帯していることを喜んでいるらしい。

オフィーリアさまが喜ぶなら仕方がない。


ある時、オフィーリアさまから依頼を受けた。

依頼は護衛対象の元婚約者を探すこと。

見つけて監視と護衛を継続。了解。

変装擬態のコバルトは失敗をしない。

元婚約者の生家からの足取りを追う。

従者たちの話すことを盗み聞く。当主の書類を確認。目的地と思われる場所を発見。

バッカスの村。——追跡を開始する。

すぐに発見。流石は私。変装擬態のコバルト。さっそくジャックさまに報告。ジャックさまは護衛対象の従者。護衛対象から依頼を受けると、いつもジャックさまを通じて連絡が来る。

それからアレックスさまを監視する日々が始まった。


元婚約者、アレックスさまの観察日記。1日め。

アレックスさまは魚屋さんをやっている。

魚は飛ぶように売れていた。

流石はオフィーリアさまの元婚約者。

子どもに泥団子をぶつけられていた。

でもうまいこと収めていた。流石はオフィーリアさまの元婚約者。

アレックスさまのお店の向かいが空いている。ここに店を出せば監視しやすい。

幸いリュウメンの修行をつんでいるので、リュウメン屋の店主に偽装出来る。

仕事が終わり、アレックスさまを尾行するとお風呂に入っていった。

四六時中監視するよう言われている。

片時も目を離してはならない。

でも、男の子の裸を見てしまった。もうアレックスさまの愛人を目指すしかない。

元婚約者、アレックスさまの観察日記。２日め。

リュウメン屋を始めるための仕入れと道具を昨日のうちに仲間に依頼。それを受け取る。

監視しながら準備は出来ない。

店の場所も問題なく借りられたと、首から下げる札を渡される。

影は単独では任務に当たらない。

連携。報告。協力。これが大事。

アレックスさまが店に気が付いて食べに来てくれた。喜んでくれた。嬉しい。

たくさん食べさせたくなった。どうして？

お風呂を監視していたらアレックスさまに見つかってしまった。

オフィーリアさまに報告すると言われて、お風呂の監視は出来なくなった。不覚。

アレックスさまは夕ご飯を食べたら、突如何もないところから出て来た鉄の扉の中に入っていった。後ろについて入ったら、扉の1つに入ってパンツを脱いだ。……何をしているのだろう？

――見てはいけないものを見た気がする。扉から出て外で待つ。

しばらくするとスッキリした顔で出てきてそのままベッドに入って行った。

でも寝る間際に、私にレンジアという名前をくれた。

私だけの名前。大切な名前。私はアレックスさまをずっとお守りする。

元婚約者、アレックスさまの観察日記。３日め。

昼。アレックスさまは山に狩りの練習に向かった。叔父さんと呼ばれる男性と一緒。

調査の結果、現役Sランク冒険者、セオドア・ラウマン。アレックスさまの父親の弟。戦力に問題ないと思われるが、油断は禁物。

アレックスさまは無事一角ウサギを1体しとめた。流石です、アレックスさま。

青銅色の鈍く光る巨大な蛇が現れる。

あれはデビルスネークのオス。

今のアレックスさまには倒せない。

セオドア・ラウマンが倒れ込んでアレックスさまに覆いかぶさった。

アレックスさまが危険。すぐさま毒を仕込んだ暗器を放つ。デビルスネークが死んだ。

よかった。アレックスさまは無事。


元婚約者、アレックスさまの観察日記。３日め。

夜。私の報告でオフィーリアさまが、アレックスさまを追いかけてバッカスの村に来た。

アレックスさまはオフィーリアさまを好きじゃなかった。オフィーリアさまが断られているのに、
私の胸が痛い。なぜ?

ちょうどそこに、私が倒したデビルスネークのつがいのメスが、子どもを連れてやって来た。

数は大量。しかも亜種。……危険。

私はアレックスさまを守りたい。依頼もされた。けど、この場合はオフィーリアさまが優先。ア

レックスさまも見守りつつ、オフィーリアさまを注視する。

アレックスさまがデビルスネーク亜種を倒した！　流石アレックスさま。この国がなくなったら、アレックスさまはどうするのだろう？　オフィーリアさまがアレックスさまについていってくれたらいい。

出来れば私もオフィーリアさまについていきたい。そしたら私もアレックスさまと一緒。

勘違いの工房主
Kanchigai no ATELIER MEISTER
アトリエマイスター
英雄パーティの元雑用係が、実は戦闘以外がSSSランクだったというよくある話
1~10
時野洋輔
Tokino Yousuke
待望のTVアニメ化!
2025年4月放送開始!
シリーズ累計75万部突破!(電子含む)
1~10巻 好評発売中!
コミックス 1~7巻 好評発売中!
勘違いの工房主
英雄パーティの元雑用係が、実は戦闘以外がSSSランクだったというよくある話
アトリエマイスター
時野洋輔
武器や魔法の適性は最低だけど、それ以外全部SSSランク!
無自覚な町の救世主様は勘違い連発!?
読者賞受賞作!
英雄パーティを追い出された少年、クルトの戦闘面の適性は、全て最低ランクだった。
ところが生計を立てるために受けた工事や採掘の依頼では、八面六臂の大活躍! 実は彼は、戦闘以外全ての適性が最高ランクだったのだ。しかし当の本人は無自覚で、何気ない行動でいろんな人の問題を解決し、果ては町や国家を救うことに——!?
勘違いの工房主
時野洋輔
古川奈春
戦闘以外の適性すべてSSS!!
人助けしただけなのに…
規格外の少年が世界を振り回す!?
読者賞受賞の超人気作、待望のコミカライズ!
◉各定価:1320円(10%税込)
◉Illustration:ゾウノセ
◉7巻 定価:770円(10%税込)
1~6巻 各定価:748円(10%税込)
◉漫画:古川奈春 B6 判

この作品に対する皆様のご意見・ご感想をお待ちしております。

おハガキ・お手紙は以下の宛先にお送りください。

【宛先】

〒150-6019 東京都渋谷区恵比寿4-20-3 恵比寿ガーデンプレイスタワー19F
（株）アルファポリス　書籍感想係

メールフォームでのご意見・ご感想は右のＱＲコードから、
あるいは以下のワードで検索をかけてください。

アルファポリス　書籍の感想　検索

ご感想はこちらから

本書はWebサイト「アルファポリス」（https://www.alphapolis.co.jp/）に投稿されたものを、改題・改稿のうえ、書籍化したものです。

スキル【海《うみ》】ってなんですか？

使《つか》えないと思《おも》っていたユニークスキルは、
海《うみ》にも他人《たにん》のアイテムボックスにも入《はい》れる規格外《きかくがい》の力《ちから》でした。

陰陽（インヤン）

2025年 1月30日初版発行

編集－小島正寛・芦田尚
編集長－太田鉄平
発行者－梶本雄介
発行所－株式会社アルファポリス
〒150-6019 東京都渋谷区恵比寿4-20-3 恵比寿ガーデンプレイスタワー19F
TEL 03-6277-1601（営業）　03-6277-1602（編集）
URL https://www.alphapolis.co.jp/
発売元－株式会社星雲社（共同出版社・流通責任出版社）
〒112-0005 東京都文京区水道1-3-30
TEL 03-3868-3275
装丁・本文イラスト－キャナリーヌ
装丁デザイン－AFTERGLOW
印刷－中央精版印刷株式会社

価格はカバーに表示されてあります。

落丁乱丁の場合はアルファポリスまでご連絡ください。

送料は小社負担でお取り替えします。

ISBN 978-4-434-35166-2 C0093